Sup

Della stessa autrice nel catalogo Einaudi

Viaggio in Sardegna
Accabadora
Ave Mary
L'incontro
Presente (con A. Bajani, P. Nori, G. Vasta)
Chirú
Futuro interiore
Istruzioni per diventare fascisti
Stai zitta

Michela Murgia
Il mondo deve sapere
Romanzo tragicomico di una telefonista precaria

Con una nuova prefazione dell'autrice

Einaudi

Pubblicato in accordo con Agenzia letteraria Kalama, Cagliari

www.einaudi.it

ISBN 978-88-06-23095-1

Prefazione

Sono passati dieci anni dalla prima pubblicazione di queste pagine, scritte mentre lavoravo come telefonista a progetto in un seminterrato della provincia di Oristano, pagata 230 euro lordi al mese e 6 euro lordi in aggiunta per ogni appuntamento che fossi riuscita a fissare per mostrare alle ignare casalinghe l'aspirapolvere avveniristico chiamato Kirby. Me lo ricordo perché quel blog del 2006, che poi è divenuto questo libro, ha rappresentato la prima circostanza in cui ho usato la scrittura come mezzo per reagire a qualcosa contro il quale nessun'altra reazione sembrava possibile. Ma non è la sola ragione per cui non lo posso dimenticare. Quell'anno d'esordio è stato anche quello in cui il precariato divenne per la prima volta un argomento di moda nei talk show e nei comizi; ce li ricordiamo ancora i politici nei salottini televisivi a pontificare che non bisognava definire «precarietà» quel deflusso dei diritti legati al lavoro. A sentir loro, allora come oggi, dovevamo chiamarla «flessibilità», parola ambigua che a noi richiamava l'immagine di cose leggere e forti, il legno dell'arco e le chiome piegate dei giunchi al vento, ma non riuscivamo proprio a declinarla sulle nostre schiene e i nostri progetti di vita, che avremmo voluto assai meno oscillanti delle foglie dei giunchi. In quegli anni faceva i primi passi la famigerata legge 30 sul lavoro, presentata dall'allora senatore della Lega Roberto Maroni, ma intitolata furbamente postuma al giuslavorista Marco Biagi, forse nella cinica speranza che il suo cadavere incolpevole la proteggesse dalle critiche che meritava. Ci dissero, allora, che quella riforma del lavoro era bella e moderna, ce la chiedeva l'Europa e dovevamo essere contenti: le nuove generazioni avevano finalmente l'opportunità di vivere per anni motivate dalla prospettiva di non sapere se tre mesi dopo il loro contratto sarebbe stato rinnovato. Nessuno con un briciolo di buon senso credette alla favola dell'aumento delle retribuzioni in cambio della perdita dei diritti. Infatti, qualche anno dopo, arrivò la crisi e gli stipendi scesero alla stessa velocità con cui gli ultimi diritti rimasti volarono via. Furono gli scrittori e le scrittrici tra i trenta e i quarant'anni – Nove, Bajani, Desiati, Platania, Baldanzi, Falco, Incorvaia e Rimassa – a raccontare per primi quello che stava succedendo, ma c'è voluto un decennio ancora perché un'istituzione come l'Inps, calcoli alla mano, si rendesse conto che il disastro che allora in pochi annunciavamo come possibile era già diventato probabile per la maggior parte di noi. Alla pensione, mitico traguardo a cui i *baby boomers* hanno aspirato con serena sicurezza, migliaia di uomini e donne nati negli anni Settanta non sarebbero mai arrivati, o perché l'età pensionabile si sarebbe innalzata cosí tanto da ridurre enormemente le possibilità di arrivarci vivi, o perché il groviera contributivo generato dalle disconnese carriere professionali di quella generazione non sarebbe stato sufficiente a garantire la rendita per la vecchiaia. Quella generazione, oggi, ha oltre quarant'anni. Ci rientrano i figli dei giustamente tutelati lavoratori del dopoguerra, ma quei figli hanno oggi un futuro a termine, non piú lungo dei loro rinnovi contrattuali, e un presente fatto di stipendi a forfait, incarichi a progetto senza il progetto, collaborazioni permanentemente saltuarie, finte partite IVA e stage eterni mai retribuiti. Quegli uomini e quelle donne, che la cattiva coscienza della classe politica italiana ama definire «generazione perduta» per potersene meglio dimenticare, perduti in realtà non lo sono per niente, perché sono qui, sono vivi, ci camminano accanto e saranno sempre di piú: siamo noi o lo saremo, ciascuno coi suoi sogni non realizzati, le scelte che con piú sicurezze lavorative si sarebbero potute fare, i figli mai generati per la paura di non avere abbastanza per crescerli e la pensione dei genitori come estremo paracadute nell'incertezza. In quella generazione depredata è l'Italia che si è perduta, sacrificando milioni di intelligenze, di idee e di potenzialità all'avidità di una parte del mondo industriale, quello che conta davvero, fatto di manager convinti che la vita delle persone non sia una risorsa, ma un costo da ridurre fino a metterlo in concorrenza col piú basso salario al mondo. Non stupisce che dopo dieci anni di questa scientifica progettazione il 2015 sia stato l'anno in cui, per la prima volta da decenni, il numero dei giovani che hanno lasciato il paese per inseguire un sogno migliore è stato superiore a quello dei migranti economici che in Italia sono venuti nella speranza di realizzare i propri. Rileggere oggi le pagine che scrissi allora può strapparmi forse un misero compiacimento per la capacità che avevo di ridere davanti al baratro, ma nulla piú di questo, perché nel frattempo non ha smesso di essere vero che la mia generazione, insieme a pensione, diritti e stabilità, in quegli scantinati invisibili alla politica si è persa, giorno dopo giorno, anche il futuro.

MICHELA MURGIA

Il mondo deve sapere

a Silvia

Deh, direbbe Silvia.

Ho iniziato a lavorare in un call center. Quei lavori disperati che ti vergogni a dire agli amici.

«Cosa fai?»

E tu: «Be', mi occupo di promozione pubblicitaria».

Che meraviglia l'italiano, altro che giochi di prestigio.

Ma questo non è un call center comune. È un call center della Kirby. E 'sti cazzi, mica robetta!

Ho saputo subito che era il call center che cercavo, quello dove avrei potuto davvero divertirmi.

Non l'innocente sorriso del bambino davanti alla farfallina.

Direi piuttosto il sadico sorriso del bambino mentre con uno spillone fissa la farfallina al pezzetto di sughero per iniettarle la formalina.

Mentre è ancora viva, ovviamente.

Credo di averlo capito quando ho letto il primo cartello «motivazionale» nella sala d'attesa. «Lavoro di squadra: il modo in cui gente comune raggiunge risultati non comuni».

Anche il secondo per la verità non era male, quanto a prosopopea. «È quando smetti di pensare che non ce la farai che puoi davvero cominciare a farcela. Pensa da vincente!»

Ricordo di aver pensato: sono loro. Questi sono proprio loro!

Il colloquio me lo ha fatto una ragazza troppo mal vestita per essere una segretaria e troppo sveglia per essere una telefonista.

Ne ho dedotto che fosse la psicologa addetta alla selezione del personale. In questi posti chi ti assume è sempre uno psicologo. Cosa spinge uno che ha fatto psicologia a fare questo lavoro di merda? È un mistero piú grande della transustanziazione.

Le ho detto le solite cose che uno psicologo di un posto cosí vuole sentirsi dire. Una motivazione sufficientemente forte da renderti manipolabile, ma che non sia il denaro. Perché ovviamente, se fosse il denaro, il primo che passa e ti offre due lire in piú lo segui come fosse Tom Cruise.

Hermann/la gerarchia del vincitore

Il lavoro è organizzato come in un gulag svizzero. Dodici ore filate divise in tre turni di quattro ore, senza soluzione di continuità.

La casalinga non ha scampo. È lei il target della diabolica organizzazione Kirby.

L'ufficio è piccolissimo, le postazioni di combattimento sono la metà di un banco di scuola, divise da un pezzo di compensato.

Danno sul muro e sullo schermo di un pc. Ma sul muro, ovviamente, ci sono gli immancabili cartelli motivazionali.

«La telefonista che fa piú appuntamenti avrà in premio una scatola di formaggini e 8,5 euro lordi».

Qualcosa mi dice che la parola «lordo» in questo posto non è semplicemente il contrario di «netto». Sento già l'odore del sangue.

Ma è presto per addentare. Per ora stiamo al gioco.

Sono docile, spaesata, fingo di non capire. Sia benedetto il giorno che ho trovato 'sto lavoretto.

L'età media è sui venticinque anni. L'istruzione media è bassa, si capisce da tante cose.

La figura piú inquietante è la capotelefonista che comanda (sono in due, ma una delle due non ha alcun peso, è evidentissimo).

Per convenzione la chiameremo Hermann. Hermann

non è qui solo per lavorare. Anzi. Lei ci crede davvero. Non è semplicemente collaborativa. È convertita.

Per Hermann, Kirby è una fede, non un modo per sbarcare il lunario.

È ferrea, arrogante, conosce ogni trucchetto per intortare la casalinga e, poiché è stata telefonista a sua volta, conosce anche tutti i trucchetti per intortare la telefonista media. Ha buon gioco, un sottovaso ha piú personalità di queste ragazze, povere loro.

Mi fingo del gregge. Sarà bellissimo.

La telefonata/come ti inchiappetto la casalinga ignara

La tecnica è esattamente quella che mi aspettavo.

Una telefonata studiata nei minimi dettagli, di cui mi danno il testo, insieme ad alcune indicazioni.

«Sorridi, dall'altra parte del telefono si capisce. Se devi fare una domanda fuori testo, fa' in modo che non cominci mai per "non" e che la risposta non possa mai essere "no". Altrimenti ti seghi da sola».

Hai capito. Chiamale sceme.

«Buongiorno signora, sono Camilla de Camillis della Kirby di Paperopoli, lei non mi conosce.

Le spiego subito il motivo della mia telefonata, <*sorriso*> lei è stata sorteggiata, lí nel paese di Chissàdove, per ricevere un buono <*enfasi*> GRATUITO di <*veloce*> igienizzazione completa (la signora non deve capire con esattezza cosa le si sta proponendo) o di un suo divano, o di un suo tappeto, o ADDIRITTURA di un suo materasso. In cambio di questo servizio lei dovrà semplicemente esprimere un parere sul macchinario che eseguirà l'igienizzazione e sulla persona che glielo mostrerà. Quando preferisce, signora, domani alle 15 o dopodomani alle 18?»

Diabolico. La casalinga non ha tregua. Ci sono anche le risposte predefinite per le obiezioni che possono sorgere.

«Non ho tempo».

«Ma signora, è solo un'orettamassimo, un'orettaemezza (pronunciato con la virgola dopo "massimo", in modo che la signora percepisca che la durata è massimo un'ora, mentre invece è di un'ora e mezza, quasi due) del suo tempo».

Implicito è il messaggio che il tempo della signora non valga un soldo bucato, dato che può regalarcelo cosí, a gratis.

«Non compro niente».

«Signora, non c'è nulla da comprare, non è una vendita, ma solo una campagna pubblicitaria. Siamo noi che le stiamo facendo un omaggio».

Come se lo scopo di una campagna pubblicitaria non fosse vendere... Ovviamente non verrà presa per il collo per acquistare, ma dopo un turlupinamento di quella durata, può darsi che sia proprio lei a chiedere: «E quanto costa questo coso?»

Non ci crederete, ma questo sistema funziona. Moltissime povere casalinghe, strappate ai loro lavoretti quotidiani da questa invasione telefonica, non sanno opporre resistenza al bulldozer-telefonista e dicono sí, fosse anche solo per chiudere la telefonata.

Alcune, smaliziate, dicono no senza tregua. Davanti alle resistenze, c'è anche il ricatto morale: «Guardi, non mi interessa proprio».

«Signora, lei ci darebbe una mano a lavorare, perché noi <*enfasi*> GIOVANI siamo pagati dalla nostra azienda <*enfasi*> SOLO per far vedere questo macchinario. Se ci riceve ci darà la possibilità di lavorare e in cambio noi le chiediamo solo un giudizio a voce. Che ne dice di mercoledí all'una di notte? O preferisce sabato mattina all'alba?»

A quel punto anche il cuore piú duro si scioglie. Quale mamma non si intenerirebbe al pensiero di poveri giovani senza lavoro, pagati solo per fare pubblicità? Dopotutto si tratta solo di sorbirsi un mostruoso spot dal vivo della durata di un'ora e trenta minuti, poveri giovani. Il sí è già dietro l'angolo. Sorridi, la signora lo percepisce.

Io e Sigmund/lo faccio per soldi, cribbio

Telefono a raffica. Una media di cento telefonate in quattro ore. L'obiettivo, per me che sono appena arrivata, è tre appuntamenti.

Ma tre appuntamenti sono un orizzonte limitato. Ne prendo il doppio, in certi casi il triplo.

Devo vedere cosa succede, adesso.

Scatta la prima riunione «motivazionale» con la psicologa, che convenzionalmente chiameremo Sigmund.

Sigmund arriva nel reparto telefonico senza preavviso e si siede su una scrivania. Sembra tutto molto informale, familiare

Capisco subito che qualcuno oggi verrà sodomizzato mentalmente.

«Ragazze, perché fate questo lavoro? Quali sono le vostre motivazioni?»

Uhm. Non ci vuole uno psicologo per capire che una domanda del genere sottende crisi.

Le telefoniste devono essere sotto la loro media di appuntamenti. Siamo in fase «rimotivazionale».

Le risposte sono diverse, confuse, tra chi ha bisogno di denaro e chi non ha voglia di fare altri tipi di mestieri, lavori veri.

Avevo sperato in qualcosa di piú appetibile, tipo dichiarazioni di fede nella Kirby. Peccato. Qualcosa sul genere «io da piccola sognavo di vendere aspirapolveri per telefono!»

Attendo il mio turno, ma poiché ci sono solo da pochi giorni, evidentemente si ritiene di non coinvolgermi. Una mossa intelligente, ma che palle. Speravo di poter addentare subito.

«Quindi, lo fate per soldi. Ma se vi offrissero un altro lavoro che duri quattro ore al giorno e vi pagassero il doppio, andreste via, allora?»

Cazzo, sí!

Ma non lo dice nessuna. Hanno tutte motivazioni nobili per restare, le colleghe sono simpatiche, il capo è un amore, sto bene qui, è una grande famiglia, ci sono cose che non hanno prezzo, per tutto il resto c'è Mastercard.

Com'è facile rifiutare un lavoro che nessuno ti ha offerto. Annuisco, con aria suoresca e concorde. Sigmund lo nota. Incredibilmente abbocca. Fa l'errore che speravo: «E tu, Camilla, te ne andresti?»

Io e Sigmund/tecniche di motivazione/parte I

Fingo di pensarci. Fa suspense. Poi la guardo in faccia e dico: «Be', io sono appena arrivata. Non ho legami qui dentro. Il capo l'ho visto una volta, se sia bravo o farabutto non è cosí fondamentale, al momento. Pertanto, poiché lo faccio solo per soldi, questo lavoro, se me ne offrono di piú a pari condizioni me ne vado di corsa».

Un istante di meraviglioso silenzio. Sigmund commenta: «Grazie infinite della sincerità. Andiamo avanti».

Rido dentro, so che adesso vorrebbe privarsi del sesso per un anno, come punizione per avermelo chiesto. Ma mantengo il contegno di chi non sa cos'ha appena detto. Le altre telefoniste mi guardano, come se in fondo le mie parole non fossero tanto assurde. Qualcuno fa anche un cenno di approvazione, discretissimo. Poverine. Io le salverò, ma non lo sanno ancora.

Una settimana dopo c'è un altro incontro, questo è fisso, ogni venerdí pomeriggio. Indicazioni, pianificazione e controllo degli obiettivi, carote a chi sta andando bene, bastonate a chi non produce quanto dovrebbe.

È l'acquario dove volevo sguazzare, sin dall'inizio.

Hermann è furiosa. Siamo molto al di sotto della media sperata. È furiosa anche perché c'è un relax generale nel reparto e adesso lei darà una bella raddrizzata, sotto gli occhi paterni del boss, che tace in complice assenso.

Io però sono pienamente in obiettivo, anzi ho sforato. Ed ecco che parte la prima strumentalizzazione.

«Rosina, come vedi Camilla, che è appena arrivata, il risultato non solo lo ha fatto, ma lo ha addirittura doppiato. Visto che si può? E lei non è esperta quanto te!» (Sottinteso: «nel turlupinare la povera casalinga»).

Rosina mi odia, ma mi sorride. Qui bisogna sorridere sempre, perché non si vende solo il Kirby. Si vende una filosofia di vita. *Think Positive, Little Rose.*

Come direbbe la nonna, se ti stuprano e non puoi opporti, rilassati e cerca almeno di godertela. Rosina ci prova. Nel mio cuore la stimo. Sorrido, modesta e imbarazzata. Io non ho nessuna colpa se le casalinghe mi dicono sí, quelle infingarde.

Hermann, dopo la cazziata generale, fa partire il lancio dell'obiettivo. Anche questo è studiato. Mazziare, far sentire delle merde totali. Poi proporre la luna, perché la voglia di riscatto ti spinga a raggiungerla. Aberrante, ma tutte sembrano sollevate. Cazzo, funziona. Mantengo alta la guardia. Il meglio deve ancora venire.

Hermann/tecniche di motivazione/parte II

Hermann è scatenata. Si sente donnamanager, lo vedo da come si muove.

Ha la terza media, ci scommetto. Questo mondo le ha dato l'opportunità di sentirsi qualcosa. Qualcuno è già un passo successivo, non chiediamo troppo. L'Hermann-Qualcosa ha una sorpresa per noi. Gli obiettivi sono allucinanti, duecento appuntamenti al mese per tutte, tranne che per me che sono una new entry. Se per due giorni non fai la media che ti permette di arrivare a quell'obiettivo per la fine del mese, farai due turni di quattro ore il terzo giorno.

Chi raggiunge gli obiettivi avrà premi «misteriosi». Il senso dello humor non le manca, almeno quello.

Ma il tocco di classe arriva ora.

«Ragazze, sono cosí sicura che questi obiettivi siano alla vostra portata che ho scommesso con BillGheiz (il boss) che se non li raggiungete mi licenzio. Sí, ragazze, cambio mestiere <*sorride*>». (No, signora, non è una vendita, è solo una campagna pubblicitaria).

Le ragazze fanno un opportuno «oooh» di raccapriccio. Hermann che mette il suo posto di lavoro in gioco per noi! Ma non possiamo accettarlo! È una responsabilità troppo grande sapere che se non raggiungiamo l'obiettivo tu perderai il posto! (Signora, lei non ci negherà un'ora del suo tempo per dare lavoro a noi giovani, ne sono sicura).

Hermann sorride. BillGheiz tace, gioca con una matita, assume la parte del boia annunciato, ma con l'aria di chi dica «io ne ho semplicemente preso atto, questa donna è decisa, non riesco a fermarla, quando si mette in testa una cosa...»

È bellissimo e agghiacciante allo stesso tempo. Nessuna delle ragazze si rende conto della manipolazione. Rosina è veramente terrorizzata all'idea di causare il licenziamento di Hermann con la sua inettitudine sul lavoro. Da domani ci darà dentro, sicurissimo. Hermann e BillGheiz si lanciano uno sguardo che è un poema di marketing spinto. Sono un'associazione a delinquere e lo vedo solo io. E vabbe', verrà il momento della consapevolezza collettiva. Vorrei tanto chiedere quale sarà la controparte di Hermann se per caso l'obiettivo viene raggiunto. Ma sarebbe una carta troppo scoperta da giocare ora, in pubblica sessione. Verrà il mio momento, sarà succulento.

Il Kirby/questo sconosciuto mostro casalingo

È giunto il momento di spiegare cos'è il Kirby. Per farlo mi metterò nei panni di una casalinga.

Dietro questo nome innocente che suggerisce immagini rassicuranti a metà tra Bambi e i Puffi birichini, si nasconde un aggeggio infernale dai mille accessori, in acciaio cromato «pressofuso» in un unico blocco. Devo ancora scoprire perché questo costituisca un pregio, della serie che se si scassa, come cazzo lo apri per aggiustarlo?

Ma non poniamoci domande esistenziali, anche perché la risposta del «consulente-venditore» sarebbe sicuramente che il «Kirby non si scassa mai, signora, mi creda, io ce l'ho da centodue anni ed è sempre efficiente».

La silhouette ricorda quella delle vecchie care lucidatrici dei bei tempi andati.

Questo aggeggio non è un semplice aspirapolvere, il consulente si indigna e la butta sul personale se vi permettete di definirlo tale. Anche la telefonista non deve permettere questo insulto al Kirby. Il Folletto. Quello sí che è un aspirapolvere. Il nostro è un «macchinario americano multifunzione che fa settanta lavori diversi e sostituisce dieci elettrodomestici». E 'sti cazzi, io non li ho dieci elettrodomestici. E inoltre non sono la casalinga che fa settanta lavori diversi in casa. Al massimo ne faccio quattro: scopare, stirare, lavare e spolverare. Gli altri sessantasei li lascio fare al consulente, se ci tiene. Mi piace la precisazione che il macchinario sia americano. È vero che è americano, ma dirlo ha una sua valenza commerciale, perché la casalinga media è convinta che tutto quello che viene dagli USA sia una figata immane.

Ma cosa fa il Kirby con esattezza?

Per esempio aspira la polvere. Ma fa anche i massaggi alla cervicale, stura i lavandini, tinteggia i muri, igienizza il cane e il gatto... fa questo e un'altra miriade di cose, a sentire il consulente-venditore. Insomma, è spaventoso. Se è falso, mi sento sollevata. Se è vero, non lo voglio. Un amico quando glielo dissi mi chiese se per caso facesse anche pompini. È probabile, risposi. Mi è rimasto il dubbio sull'igienizzazione del cane e del gatto. Ho un gatto, ma gli ho promesso che questa cosa bruttissima a lui non succederà mai. Immagino che si tratti di gettarlo in pasto alla macchina che gli fruga nel pelo alla ricerca dell'impossibile e poi lo lascia, traumatizzato e igienizzato, sul tappeto vicino al camino. Povero micio mio. Mai, lo giuro.

Il Kirby aspira, ma spruzza anche. Pulisce a secco, ma può aspirare anche liquame, perché il suo sacchetto ha il «brevetto ospedaliero». Dietro questa dicitura generica si nasconde semplicemente la parola «impermeabile». Ma detto cosí fa decisamente meno fico. Ma la frase chiave del perfetto consulente è che il Kirby ha «il brevetto della NASA». Cosa c'è dietro questa misteriosa, aliena dicitura che sottintende che il Kirby abbia qualcosa in comune con la ricerca aerospaziale?

Brevetto Nasa o brevetto Nato?/parte I

Difficilmente il consulente vi spiegherà in modo comprensibile cosa significa avere il brevetto della NASA.

È una frase a effetto, che colpisce per il suo non senso. La NASA è l'Agenzia aerospaziale americana. Non rilascia brevetti.

Ma la gente comune non riflette su questi slogan. La verità è ben altra. La ventola del macchinario sarebbe stata migliorata rispetto al modello iniziale, per avere prestazioni migliori, in una non meglio specificata collaborazione con la NASA, come è citato testualmente nel sito ufficiale: «La qualità è ulteriormente migliorata dalle innovazioni tecnologiche apportate nei modelli successivi. In seguito all'introduzione del preziosissimo dispositivo di regolazione variabile della potenza TechDrive Variable Power Assist, gli ingegneri hanno migliorato il sistema di filtraggio e l'unità di potenza. L'avanzatissimo materiale filtrante consente al nostro sistema brevettato, chiamato Micron Magic®, di filtrare oltre il 99 per cento di particelle di dimensioni ridottissime quali 0,3 micron. L'unità di potenza basica è ora dotata di una ventola piú robusta e resistente, riprogettata in collaborazione con la NASA».

Questo, ancora nebuloso, chiarisce tuttavia che non è la NASA ad avere il brevetto, ma loro. E che non è la NASA a emettere il brevetto, ovviamente. In attesa di scoprire meglio cosa significhi la dicitura «in collaborazione con la NASA», mi limito a prendere consapevolezza che la dicitura «brevetto della NASA» è un'informazione ingannevole. Che però fa colpo. Pensate che una signora al telefono, quando le nominai il Kirby, mi disse: «Aaah, ma è quello che ha il brevetto della NATO?» Ovviamente risposi di sí. La prostituzione è una cosa seria, che cavolo.

Brevetto Nasa/e io sono Armani/parte II

Ora ho la notizia che mi mancava. Il perché si osa dire che il Kirby è un brevetto NASA. Si parte dalla storia recentissima, quando il disgelo del post-Guerra fredda portò molti ingegneri aerospaziali a perdere il posto, causa il taglio fondi del settore bellico e il disarmo USA-URSS. La Kirby assunse alcuni di questi ingegneri a spasso. È un po' come dire che se ho lavorato per Giorgio Armani come sarta e ho perso il posto per esubero di personale, se poi disegno un cartamodello per la mia vicina di casa posso dire che è un Armani. Fico.

Tornando al macchinario in sé e per sé, uno dei versetti del vangelo della telefonista è che quando l'incauta casalinga ci chiede di cosa si tratta, dobbiamo dirle che «il Kirby è un sistema per la cura e per l'igiene della casa che è specificamente studiato per la prevenzione delle malattie allergiche che si contraggono in ambiente domestico». Esattamente con queste parole.

Chiederò il consiglio di un medico, a riguardo. Perché, da allergica agli acari quale sono, ho sempre saputo che simili allergie non si contraggono. Si hanno e basta. Se non ce l'hai, non ti viene; se ce l'hai, non se ne va. Ben diverse le intolleranze, che possono essere transitorie e manifestarsi solo in via temporanea, in particolari periodi di debolezza del sistema immunitario. Quindi spacciarlo per qualcosa che «previene malattie allergiche che si contraggono in ambiente domestico» è un'affermazione il cui fondamento al momento non mi è chiaro. Resta comunque una frase che dipinge il Kirby con i tratti di un presidio medico o paramedico.

Premi/incentivi lordi/parte I

Per capire la psicologia di un'azienda *marketing oriented* è indispensabile tenere conto di un fattore fondamentale: l'incentivazione della produzione tramite premi assegnati meritocraticamente.

Ogni muro della sezione Kirby è tappezzato di accattivanti proposte spaccarecord, assecondando le quali si ricevono quasi sempre premi in denaro, ma non solo. Anche viaggi. Questi premi sono moltissimi e continuamente rinnovati, in alcuni casi davvero cospicui.

E questo mi fa pensare che per ogni Kirby venduto ci sia davvero un margine ampissimo di guadagno, altrimenti non si spiega da dove tirino fuori i soldi. O come sopravviva una struttura che si regge solo sulla vendita, del resto. I fissi che le persone ricevono sono infatti molto bassi, bastano a stento a pagare la benzina per arrivare all'ufficio.

Noi telefoniste riceviamo oltre al fisso un incentivo di cinque euro lordi per ogni appuntamento *concretizzato* (non solo fissato, il consulente deve entrarci davvero nella casa. Se la brava casalinga, ravvedutasi, non gli apre la porta, l'appuntamento non viene pagato alla telefonista).

A questo proposito è utile riferire che le telefoniste possono prendere appuntamenti solo per l'indomani e per il giorno successivo. Si suppone infatti che nemmeno la piú scema delle casalinghe si faccia trovare in casa all'ora convenuta dopo averci potuto riflettere per quarantotto ore.

A questo si aggiungono premi di varia natura, solitamente soldi, alla telefonista che fa concretizzare piú appuntamenti al mese, alla telefonista che fissa piú appuntamenti al giorno, alla telefonista che fissa piú appuntamenti nell'orario delle 20.30, che è il piú ostico. Ci sono anche premi di squadra: se i tre turni arrivano a fissare ottanta appuntamenti per il giorno dopo, ogni telefonista riceve venti euro in piú di premio. Ogni volta che ci sediamo alla postazione, Hermann ci ripete tutti questi obiettivi. Una telefonista che fissasse una media di cinque appuntamenti al giorno e ne facesse concretizzare almeno un terzo potrebbe arrivare a percepire un mensile di settecento euro.

Per lavorare quattro ore al giorno non è poco.

Ovviamente se non si considera che il contratto è il micidiale Co.co.pro, il contratto a progetto varato dalla nuova riforma sul lavoro del governo Berlusca, che ha fatto passare come giuste e legali tutte le violazioni dei diritti minimi del lavoratore ottenute in anni di lotta sindacale, quando i sindacati erano ancora una cosa seria: non ci sono ferie, non ci sono malattie retribuite, non ci sono tredicesime, i contributi te li devi pagare tu per un terzo… a conti fatti, se ti ammali sono cazzi tuoi, se devi assentarti anche, se rimani incinta cerca di fartela durare al massimo due mesi, altrimenti il tuo posto decade con un preavviso di sette giorni senza condizionale. A pensarci bene, per lavorare quattro ore al giorno, non è poco nemmeno questo.

Premi/i viaggi verso quel paese/parte II

L'epifania della vera filosofia Kirby si vede in tutto il suo fulgore nelle premiazioni che non sono in denaro.

Innanzitutto i viaggi. I migliori risultati vengono premiati con mirabolanti viaggi dalla destinazione e dal contenuto già deciso, all inclusive. Per esempio tra breve Hermann e la migliore telefonista degli ultimi quattro mesi (che per convenzione chiameremo Laverne) partiranno per New York, albergo cinque stelle, viaggio in business class, vitto corrisposto e seratona di gala su nave da crociera ancorata al porto di NY. La vincita è per uno solo, però.

Quindi, pensandoci bene, se faccio un grosso risultato mi succede questo:

– Vinco un viaggio da sola in un posto dove non sarei mai voluta andare.

– Non posso avere il corrispettivo in denaro se decido di declinare.

– Vado quando me lo dicono loro, mangio quello che hanno deciso loro, dormo dove dicono loro e vado persino a feste predecise da loro.

– Tutto questo in compagnia nientepopòdimeno che della mia capotelefonista, l'amabile Hermann.

Accattivante. Uno si chiede come possa risultare motivante un simile premio.

In realtà prima di ogni riunione motivazionale viene

trasmesso uno spot per questo viaggio, in cui vengono decantati i livelli di lusso che si godranno, le opportunità da ricchi che si presenteranno, lo stile di vita che si potrà rimirare, da dentro e non piú da fuori, per la durata intera del viaggio. Non è un premio, è un corso motivazionale in grande stile per queste povere cenerentole, ragazze madri che a stento sbarcano il lunario. Il sogno di mettersi il vestito buono fino alla mezzanotte e saltare sulla zucca per incontrare il principe miliardario è a portata di mano con soli cinque appuntamenti al giorno. Costantemente vengono imbottite del concetto che quelle che vivranno questa esperienza sono persone di successo, realizzate. Esattamente quello che loro non si sentono. Specie quando non prendono gli appuntamenti e qualcuno dice loro: «Sono molto delusa da te, Laverne, avresti potuto fare di piú, considerata la fiducia che ti abbiamo dato».

Il prossimo viaggio «da sogno» è a Marbella, dove il superpresidente della Kirby ha una villa galattica e si abbassa a ospitare i vincitori del contest per tre giorni, in un mondo presentato come da sogno. Il video è un'orgia di musica arrapante, immagini di feste vip, frasi in inglese tipo «This World Can Be Yours», mentre il presidente in canottiera e cocktail ti sorride americanamente. La fortunata partirà a giugno, sempre con Hermann. Se Hermann non avrà ovviamente perso il posto quando alla fine del mese non raggiungeremo i risultati che ci sono stati chiesti.

Sms motivazionale/Hermann è pazza

Ieri mattina Hermann mi ha mandato un sms alle 8 del mattino.

«Non sei un lavoratore qualunque, perché non fai un lavoro qualunque. Non sei una persona comune, perché sei una persona di successo. Il tuo successo è già dentro di te! Io ti aiuterò a tirarlo fuori. Buona giornata, Hermann».

Inquietante. Hermann si sveglia la mattina e la prima cosa che pensa è mandare un messaggio demenziale (suppongo che lo scopo fosse motivazionale, in tal caso è fallito) preconfezionato alle telefoniste. Quelle meritevoli, ovviamente.

Lo ha mandato anche a me, segno certo che ora sono nella squadra delle turlupina-casalinghe a pieno titolo, grazie ai miei confortanti risultati. Quindi suppongo che quando i miei risultati scenderanno mi arriveranno messaggi tipo «sei una merda umana e io ti aiuterò a tirarlo fuori!»

Per inciso, Silvia, credevo fosse uno scherzo tuo, che hai un cosí bel senso dell'umorismo. Ma in effetti tu non sei cosí disumana da arrivare a elaborare, al mattino presto, un testo di 160 caratteri per motivi cosí assurdi. Meno male.

Grande Peggy/gli altri invece sono delle merde

Oggi al meeting motivazionale settimanale una delle telefoniste è stata premiata per il suo impegno.

È stato un momento molto significativo... le hanno consegnato nientemeno che un portachiavi della Kirby e un portacellulare che si illumina quando è in arrivo una chiamata.

Ma la cosa significativa non erano i premi. Era il clima. Questi della Kirby sono geniali nella loro diabolicità.

Suspense: «Ora faremo il nome della migliore telefonista della scorsa settimana... Peggy Sue!»

Peggy Sue è giovanissima, molto timida, ma al telefono è spietata. Si impegna un casino. È l'elemento ideale della loro catena produttiva, non sembra la tipa che cerca molte risposte. Credo le bastino quelle che ci sono sul testo predefinito della telefonata alla casalinga.

L'abbiamo applaudita, BillGheiz le ha stretto la mano sul palchetto, mentre il maxischermo mandava le immagini dello spot di Marbella.

Peggy aveva le lacrime agli occhi, era... felice.

È incredibile come questo sistema motivazionale colga nel segno. È vero che è studiato per un target ben preciso, su cui non può non funzionare: questa è gente che gratificazioni altrove non ne vede. Però è il retro della medaglia che mi indigna, il senso profondo di ciò che questo agire nasconde. C'era Laverne nell'ultima fila, Laverne la migliore telefonista del 2005, Laverne che istruisce le altre telefoniste perché lei ci sa fare.

Era ingrugnita da matti. Sicuramente i suoi risultati sono calati ed è stata cazziata. Rifletto. Qualcosa non mi quadra. Poi BillGheiz scopre tutte le carte e allora capisco.

«Laverne, cosa fai lí in ultima fila?»

E lei: «Sto bene qui».

Lui sorride, sguardo complice con Hermann e poi si va avanti con lo spot Marbella. Ora è davvero tutto chiaro. Non è per gratificare Peggy che hanno fatto questa piccola sceneggiata, tanto piú che non si è nemmeno parlato di risultati, ma solo di un generico «impegno». È per fare pressione psicologica su Laverne, che di appuntamenti ne fa centinaia al mese, non decine. Un modo elegante per dirle «ti abbiamo portato in alto e tu ci ripaghi cosí. Ma attenta, che l'esercito delle tue colleghe desiderose di emergere spinge per portarti via lo status quo di best teleseller... Torna a fare i risultati, bella mia, e anche in fretta».

Vali se produci. Altrimenti sei deludente, non sei una persona di successo.

In questo ufficio prendere pochi appuntamenti per due giorni consecutivi è un dramma emotivo per molte di loro. E capisco anche perché, visto che la naturale e sana competizione professionale viene spinta fino al distorto agonismo che ho visto oggi su quel palchetto. Se vinci non è solo perché sei il migliore, ma perché gli altri sono peggiori. Cosí c'è il doppio messaggio: gratificandone uno, azzeri mentalmente tutti gli altri.

La casalinga messa alle strette

C'è un altro aspetto spassoso di questo mestiere. E sono proprio le telefonate.

Come reagisce la gente alla chiamata standard?

Nei modi piú disparati e, spesso, disperati.

Tutto si gioca nei primi dieci secondi della telefonata. È in quel brevissimo lasso di tempo che la casalinga decide se puoi continuare a turlupinarla o no. Ecco perché sono i secondi in cui vengono continuamente ripetute le frasi: non è una vendita, non deve invitare nessuno, non c'è nessun impegno... e soprattutto l'offerta della fantomatica pulizia gratuita.

Ecco la telefonata standard del finto buono omaggio con le risposte piú frequenti.

«Buongiorno, sono Camilla della Kirby di Paperopoli, lei è la signora Topolina? Salve signora, non ci conosciamo personalmente, le spiego subito il motivo della mia telefonata».

Di solito la frase è senza respiro, la signora non deve avere modo di replicare se non un sí per esser certi di star parlando con la persona giusta e non con la figlia adolescente che aspettava la chiamata del ragazzo. Qualche casalinga, piú smaliziata, comincia già a emettere dei grugniti, come a dire «no, non ci conosciamo, ma ho capito di che razza sei».

«Lei è stata selezionata per ricevere un buono omaggio per un servizio di igienizzazione completa del suo divano, del suo tappeto o addirittura del suo materasso, a sua scelta signora. In cambio le chiediamo solo un suo giudizio a voce sul macchinario che vedrà in funzione».

La casalinga giammai crede che qualcuno le regali qualcosa. Le meno urbane dicono cose come: «Non mi interessa». E lí scatta la risposta preconfezionata: «Che cosa non le interessa, signora?»

«Quello che mi sta offrendo».

«E cosa le ho offerto, signora?»

«Un aggeggio per pulire!» (Chiamala scema, la casalinga).

«Ma no, signora, allora sono proprio io che non so esprimermi! Noi non vendiamo niente! Il macchinario che vedrà è stato appena portato dall'America, è nuovissimo e nel suo paese non lo conosce nessuno. È solo una forma pubblicitaria, siamo molto interessati al suo parere che per noi è già un premio, o crede che il suo parere per noi non conti nulla, signora?»

(Costringere la signora a dire che quello che pensa non conta nulla è davvero un colpo di genio malefico).

«No, ma... be'... allora cos'è, se non è una vendita?»

«Signora, è solo un modo per aiutare noi giovani a lavorare, siamo pagati solo per far vedere il macchinario e raccogliere il parere delle padrone di casa, non deve invitare nessuno e il parere non è nemmeno per iscritto. In un'ora massimo, un'ora e mezza del suo tempo siamo fuori di casa sua, signora. Preferisce domani alle 3 del mattino o sabato notte alle 23?»

«Ma io non ho nulla di quello che ha detto lei, non ho tappeti, non ho divani...»

«Ha un letto ad acqua, signora?»

«No, ho un materasso normale».

«Allora vede, qualcosa che possiamo igienizzarle ce l'ha. Veniamo domani alle 19 o dopodomani alle 7.30?»

«Ma io questa cosa l'ho già vista, sono già venuti».

«Ah sí, signora? Ma dài, è bellissimo che lei lo conosca già, il nostro macchinario! E di che colore era, si ricorda, verde?»

«Esatto, proprio verde!»

«Ah, no, signora, allora non è il nostro, il nostro non è verde, ha visto qualche altro strumento, non il nostro che è nuovissimo e viene dall'America, fa settanta lavori diversi e sostituisce dieci elettrodomestici! Faccio prima a mostrarglielo che a descriverlo. Quando vuole che glielo mostriamo, signora, giovedí alle 13 o venerdí alle 24?»

«Ma io comunque devo partire, non ci sono in casa, sto proprio facendo le valigie».

«E dove va di bello signora? In vacanza? Beata lei, signora mia... e dica, quando crede che tornerà?»

«Tra tre mesi». (Tipico).

«Capisco, signora, allora guardi, la richiamo tra tre mesi alla fine delle sue vacanze, che ne dice. Ci sentiamo signora, è stata molto gentile, tante cose belle a lei».

Questa è una telefonata tipica. Ma l'indomani la signora viene richiamata e ovviamente non è partita in nessun dove. È bellissima questa parte.

«Signora mi scusi, avevo dimenticato di averla già chiamata ieri! Pensavo che non l'avrei trovata! Non è partita piú, poi?»

«Ehm... no, cioè, sí devo partire, ma ho rimandato di qualche giorno, perché...»

«Capisco, signora, allora un'oretta per noi ce l'ha, per farci lavorare, scommetto. Un'orettamassimo, un'orettaemezza. Domani di mattina o di sera?»

La signora si vergogna come una biscia e dice sí.

Perché la gente non realizza che davanti a cose del genere può anche dire semplicemente «vaffanculo»?

È la buona educazione la migliore arma della Kirby.

Il buono omaggio/che non omaggia niente

Nonostante le apparenze, quella telefonata non ha una sola parola che non sia studiata.

Per esempio: perché chiedere alla casalinga se il macchinario che afferma di avere già visto è verde?

Perché il Folletto è verde. E il Folletto è l'avversario diretto della Kirby, anche perché utilizza lo stesso sistema di infiltrazione endemica nella casa della povera signora: il *toc toc* a raffica, nel mucchio, alla «'ndo cojo cojo». E si coglie sempre.

A questo proposito la signora presto o tardi dirà che ha già uno strumento per pulire e che funziona benissimo.

Anche in tal caso la risposta è preconfezionata.

Mai, mai dire alla signora che il suo strumento non è perfetto o che pulisce male o peggio del nostro. Anche se il Kirby è decisamente migliore, l'unica cosa che si ottiene è far sentire la signora una stupida per aver comprato il Folletto. E siccome siamo noi che l'abbiamo fatta sentire stupida, la signora ci odierà. La casalinga deve sentirsi sempre una padrona di casa perfetta, scaltra, astuta, che non è possibile prendere per il culo, che comprerà sempre la cosa migliore sul mercato, prima e con meno soldi della sua vicina di casa. Chiunque metta in discussione questo assioma, non ha capito un cazzo della casalinga.

La risposta è quindi sempre: «Certamente, signora, il

Folletto è un bellissimo elettrodomestico, è vero. Ma il nostro non ha nulla a che fare con quello, fa proprio cose diverse. E poi, signora, non lo deve mica comprare, questo nostro. Solo vedere. Noi non siamo pagati per venderglielo, ma per farglielo conoscere. Ci sono ditte che si fanno pubblicità in televisione, ditte che si pubblicizzano alla radio e ditte che fanno vedere i loro prodotti direttamente a casa. È solo una pubblicità, signora. Allora, che dice, domani mattina o dopodomani notte?»

La signora di solito insiste su questo punto, con cose del tipo: «Ma scusi, se io le dico che ce l'ho già e sono soddisfattissima, perché mai dovrei essere interessata a vedere un altro macchinario per la cura e l'igiene della casa?»

Risposta: «Signora, anche se lei usa Solepiatti non cambia canale ogni volta che c'è la pubblicità dello Svelto, perché comunque tenersi informati è sempre bello, per essere al corrente delle novità che in questo mondo tecnologico si aggiornano di continuo. Questo vogliamo fare noi, informarla in modo completo. Che dice, queste informazioni gliele diamo domani alle due di mattina o dopodomani alle 6.35?»

Eccolo lí, l'incubo balenatole davanti, che la sua vicina di casa ne sappia una riga in piú e possa dire: «Come, non hai visto il nuovo macchinario? Ma non immagini quanto è bello e interessante!»

Nei paesi piccoli è fondamentale questa dinamica, i rapporti sono molto stretti e se il vicino si compra un nuovo tv color lo sanno tutti in un battibaleno, pronti a fare altrettanto dopo un tempo adeguato a fugare i sospetti di emulazione.

Questo tipo di telefonata, assolutamente efficace, è il cosiddetto buono omaggio.

Ma è davvero un buono omaggio? Ovviamente no.

È un cavallo di Troia, Ulisse docet. Si entra tra le mura nemiche travestiti da qualche altra cosa.

Il consulente-diavolo-venditore entra a casa della signora e punta un pezzo dell'arredo, cominciando a usare il Kirby con le opportune pezze che dimostrino che sta pulendo, una sorta di filtrino tra l'aspirazione e l'oggetto da pulire. Le pezze si lordano con velocità e intensità spaventosa. La signora comincia ad avere il panico. Dopo aver fatto un bel po' di pezze il consulente deve dare segni di stanchezza e dire: «Signora, guardi, il suo divano/tappeto/materasso ha necessità di un'igienizzazione molto profonda, temo che di questo passo ci metteremo molto piú di un'ora e mezza. Facciamo cosí, io le mostro le altre funzioni del Kirby e poi per la pulizia completa torno domani, che ne dice?»

La casalinga non vede l'ora che l'umiliazione del suo divano finisca e dice sicuramente di sí. La trappola è scattata. Nessun buono omaggio, ma una dimostrazione di funzioni che era impossibile fare per telefono e che nessuna casalinga, nemmeno la piú scema, avrebbe mai accettato di guardare.

Il macchinario fa il suo effetto. È davvero molto ben presentato. Alla fine la signora lo vuole, convinta che se lo avrà in suo possesso nessun venditore di merda potrà piú umiliarla sottintendendo che lei non pulisce il suo divano a dovere. Quell'aggeggio infernale è già una necessità. Lo vuole.

«E... quanto costa questo coso?»

E quanto costa. Tagliamo corto, il Kirby costa quasi tremila euro. Un prezzo enorme? Forse, signora mia, ma che può essere rateizzato a sessanta euro al mese e comunque è ammortizzato da questo e da quello in un tempo che è metà di quello che dura la dilazione, pensate un po'. Perché il Kirby, signora mia, sostituisce dieci elettromestici, sa?

E 'sti cazzi, costa quanto dieci elettrodomestici comprati separatamente, ci mancherebbe pure che non li sostituisse! Ma tenendo conto che se si guasta il mio aspirapolvere, non devo mandare anche gli altri nove alla manutenzione…

Eppure la signora lo comprerà. Se il consulente è squalo, saprà dove mordere a quel punto. E se non sei squalo, non lavori per la Kirby.

Il controllo/dovevamo fare gli attori

Il colpaccio del consulente-squalo arriva sul finale della visita.

Alla signora inerme viene sparato un prezzo molto vicino ai tremila euro. La casalinga sbianca.

È uno sproposito, nemmeno la motivazione piú forte può far accettare quella cifra per un aspirapolvere senza opporre resistenza.

Allora il consulente cosa fa? Chiede il permesso di fare una telefonata all'ufficio centrale, che in gergo interno si chiama «controllo».

«Signora, lasci fare a me...» (sguardo complice).

«Pronto, signor BillGheiz? Salve, sono Shark, la sto chiamando da casa della signora Paperina. Mi richiamerebbe al numero 5551234?»

BillGheiz obbedisce prontamente, assolvendo anche al compito di verificare che il consulente a casa della signora ci sia stato davvero.

«Senta, signor BillGheiz, ho mostrato alla signora il Kirby e le è piaciuto davvero tanto. Tuttavia il prezzo le sembra un po' fuori dalle sue disponibilità, però oggettivamente ne avrebbe bisogno, perché le pezze che ho fatto sui divani sono davvero significative. Cosa dice, visto che siamo nelle feste di Natale/Pasqua/Capodanno/laBefana/Ferragosto/Primaveratempodiallergie/Estatetempodivacanze/Invernoefatantofreddo/Autunnotempoditornareallavoro non potremmo trovare il modo di agevolare un po' la signora? Glielo chiedo come favore personale, signor BillGheiz...»

È affascinante, questo teatrino si ripete ogni volta. Ecco perché a differenza di altre ditte con vendita porta a porta la Kirby chiede alle signore di non invitare nessuno. Ognuna deve avere la possibilità di pensare che questo giochino viene fatto solo per lei perché è lei, deve sentirsi privilegiata a credere che la sua vicina, se lo vorrà, dovrà pagarlo a prezzo pieno, mentre lei...

«Signora, le passo il signor BillGheiz che vuole parlare con lei...»

La signora ci parla, dice che il Kirby le è piaciuto tanto tanto tanto, ma che costa veramente un casino e non se lo può permettere. Dice che il consulente è stato gentilissimo e racconta che tipo di prove ha fatto sui suoi pezzi di arredo (anche questo serve al controllo per verificare che effettivamente il consulente abbia svolto l'intera dimostrazione). Poi BillGheiz chiede di nuovo di parlare a Shark. Dopo qualche secondo Shark mette giú il telefono e guarda la signora negli occhi.

«Signora, guardi... io non so cosa dire, le devo chiedere il silenzio su questo perché questa offerta io al signor BillGheiz non gliel'ho mai sentita fare, deve proprio essere rimasto impressionato dalla sua opinione e ha deciso di venirle incontro... lei può avere il Kirby con un prezzo ribassato di quattrocento euro! Non credo di aver mai sentito un prezzo cosí basso prima d'ora... Complimenti, signora!»

La casalinga stava già metabolizzando il prezzo iniziale e d'improvviso se lo vede scalato di brutto di ottocentomila delle vecchie lire. Le sembra un sogno. E il resto è rateizzabile. Ovviamente la rateizzazione riporta, con gli interessi, il prezzo a tremila euro. Ma la signora in quel preciso momento non se rende conto, presa dalla frenesia di aggiudicarsi l'offertona del treno-che-non-passa-piú promessa da Shark. Un altro Kirby è venduto.

La referenza/come ti inchiappetto amici e parenti

Sembra finita. Ma siamo ben lungi dal vedere il fondo di questo tunnel. È un serpente che si morde la coda. Il meglio deve ancora venire.

«Signora, lei ha visto il Kirby e ne è rimasta molto impressionata, non è vero? Che ne dice di farlo conoscere anche alle sue amiche? Se mi dà un paio di nomi io le contatto e propongo anche a loro di vedere il Kirby, cosí mi fa continuare a lavorare e allo stesso tempo informa le sue amiche di questo magnifico macchinario».

Che colpo. Madre Teresa di Calcutta fa lavorare il povero Shark e allo stesso tempo passa per la piú informata delle sue amiche, indirizzando a casa loro lo spot piú lungo della loro carriera di massaie. Sciorina in genere una serie di nomi di amiche e parenti, che il consulente annota puntualmente, numeri di telefono e legami con la signora compresi. Sarà il pane della telefonista che prende gli appuntamenti per lui.

Ma a qualcuna viene anche il dubbio, in merito. «Però non dica che glieli ho dati io, i nomi… sa, la gente magari si offende…» «No, signora, perché mai dovrebbero offendersi perché lei viola la loro privacy dando a un perfetto sconosciuto i loro nomi cognomi indirizzi telefoni età professione numero di figli e orari privilegiati? Anzi, le saranno grati. Comunque, se si vergogna di avermi ospitato, signora, per me non è un problema… non lo dico e basta».

«No, per carità, quando mai mi vergogno, altrimenti non l'avrei ospitata... lo dica pure, tanto non è niente di male». E Shark si porta a casa una rete piena di ignari pesciolini, che il giorno dopo sono sulla mia scrivania.

«Pronto signora, buongiorno! Sono Camilla della Kirby, lei non mi conosce personalmente perché il suo nome me lo ha dato Paperina, sua cognata. Le ha detto che l'avremmo chiamata, signora? No? Allora glielo dico io. Ieri siamo stati a casa di Paperina per farle vedere il nostro nuovissimo macchinario multifunzione di cui ci stiamo occupando. Paperina ne è rimasta talmente entusiasta che ha pensato di darci il suo nome per dare anche a lei l'opportunità di conoscerlo. Ovviamente non c'è nulla da comprare, signora mia, altrimenti Paperina non si sarebbe mai permessa di darci il suo nominativo, la conosce meglio di me, sua cognata. Che ne dice, signora, possiamo venire domani o dopodomani?»

Come potrà mai la signora rifiutare, sapendo che sua cognata sa una cosa che lei non sa? E poi, giocando sulla fiducia della loro relazione, la signora non farà le resistenze che farebbe una qualunque casalinga chiamata a freddo. Se fosse stata una vendita, cribbio, sua cognata non l'avrebbe mai dato il suo nome, eccheccavolo. Venga pure domani, l'aspetto.

«Non deve temere, signora, non c'è nulla di cui aver timore». Disse il ragno alla mosca.

Però qualcuno rompe gli schemi. Ed è allora che io penso che potrei essere una buona casalinga, prendendo a esempio queste signore.

«Signora, lei sicuramente tiene alla cura e all'igiene della sua casa, non è vero?»

«No. Odio pulire. Lascio accumulare lo sporco anche per settimane, quando poi non ce la faccio piú chiamo una ragazza extracomunitaria e le do cento euro per pulirmi la casa. Come vede, non me ne frega nulla di un attrezzo per pulire».

L'ho amata.

«Signora, le offriamo in omaggio un buono di igienizzazione per un suo divano».

«E cosa vorreste dire, che casa mia non è pulita abbastanza e mi serve la vostra igienizzazione? Maleducati, andate altrove, che io casa mia passo tutto il giorno a pulirla!»

E brava la signora.

«Signora, le chiediamo solo un'oretta massimo, un'orettaemezza del suo tempo!»

«Lei mi sta dicendo che io posso regalare un'ora e mezza del mio tempo al primo rompiscatole di venditore che passa per strada e devo anche esservi grata? Il mio tempo vale molto piú di una pulizia gratuita, la saluto». *Click*.

Donne cazzutissime. Altro che sesso debole.

«Signora, mi ha dato il suo numero la signora Impiccioni, la conosce?»

«Sí che la conosco. E adesso metto giú il telefono e la chiamo per sentire se è vero e poi se è vero la mando affanculo perché non doveva permettersi di fare una cosa simile. Grazie e fanculo anche a lei».

Dio la benedica, signora, qualcuno in questo mondo ha ancora un cervello per pensare.

«Salve, signor Ignaris, posso parlare con la signora Clarabella, sua moglie?»

«E di cosa si tratta, scusi?»

«Nulla di urgente, volevo parlare con sua moglie di qualcosa che riguarda la padrona di casa».

«Il padrone di casa sono io, signora. Mia moglie non sa e non fa niente che non sappia o faccia anche io, per cui o dice a me o col cavolo che le passo mia moglie».

Uomini d'altri tempi.

Il Kamasutra del marketing

Alla Kirby, a quanto pare, se non sei un cesso immane non ti prendono.

È una fortuna che la televendita non avvenga in video chiamata, altrimenti non accetterebbe l'appuntamento nemmeno Edward ManiDiForbice.

Si gioca perciò tutto sulla voce, che deve essere accattivante, sveglia, allegra, ma non sexy, perché stai parlando con una donna, non è una hotline.

Peccato, ho sempre sognato di cucinare peperonata in pigiama dicendo a qualche porco cinquantenne: «Sí, sono nuda nel mio letto e mi sto toccando con un guanto di pelliccia», mentre il gestore gli ciuccia 24 euro + Iva al nanosecondo. E intanto aggiusto di sale la peperonata, ansimando opportunamente.

Ma anche il Kirby ha le sue carte nel mazzo, quanto a situazioni spassose.

C'è gente che, alla mitica offerta della pulizia omaggio del divano/tappeto/materasso, capisce che ha vinto in omaggio un divano/tappeto/materasso.

E la signora si incazza come un cobra quando il consulente Shark arriva e non ha il *suo* divano in omaggio! Indignatissima, lo scaccia dandogli dell'imbroglione e del turlupinatore. Ovvio che lo è, ma non perché non le ha portato il divano, signora mia. Mi rammarico solo di non esserci a vedere la disfatta di Shark in quel frangente, perché è vero che a me quell'appuntamento preso non sarà pagato, però cribbio! Vuoi mettere lo spasso di vedere la rivincita della massaia sul venditore, con tanto di porta in faccia? Non ha prezzo.

Capita anche la casalinga gelosa, per esempio quando una massaia debitamente raggirata ti dà nelle referenze il nome di un uomo e non di una donna, magari suo collega.

«Signora, mi ha dato il vostro numero la signora Sputtanis, la conosce?»

«No, non so chi sia, è sicura che le abbia dato il nostro?»

«Sí, signora, mi ha dato il nome di suo marito. Lei è la moglie del signor Fedifraghi, vero?»

«Sí... ma non conosco questa signora, guardi, deve avere sbagliato».

A questo punto la telefonista furba molla l'osso. Ma la brava Peggy Sue non lascia mai cadere una palla buona, finché non è fuori dalla linea.

«Signora, anche se lei non la conosce, forse la conosce suo marito, sarà una sua collega, perché ci ha dato proprio il nome del signor Fedifraghi e il suo numero, quindi sicuramente si conoscono!»

Che errore fatale.

«Senta, le ho già detto che non so chi sia. E sicuramente non conosce mio marito, sarà uno degli sporchi trucchetti di voi venditori per prenderci tutti per il culo, perché le amiche di mio marito sono anche le mie e se non la conosco io si figuri se la conosce mio marito. Andate a pigliare per i fondelli altrove!» *Click*.

E Peggy Sue impara che tra moglie e marito è sempre meglio non mettere il Kirby. Io però avrei avuto la tentazione di insistere e dire: «Ma guardi, signora, gliela descrivo, magari la conosce anche lei: è alta, bionda, formosa, avrà una ventina d'anni al massimo e fa la modella di biancheria intima, strano che non la conosca».

Stessa cosa vale quando è un cliente uomo a dare il nome di una donna. Il consulente davvero scaltro si fa dare anche il nome del marito della signora, altrimenti si rischiano scene da cavalleria rusticana. Anche perché chi vede il Kirby è milady, ma chi paga il Kirby è milord.

Piú informazioni la telefonista riesce a carpire alla signora durante la telefonata, meglio Shark saprà dove addentare nella visita.

Per esempio:

– La signora ha figli piccoli? Eh, signora Ansiosini, che cosa orrenda questo aumento delle malattie allergiche da acaro per i bimbi. Meno male che c'è rimedio… <*sguardo insinuante*>

– La signora lavora? Caspita, quanto tempo le farà risparmiare il Kirby, signora mia! <*tono entusiasta, manco la signora dovesse uscire con lui nel tempo in cui non pulisce la casa*>

– La signora non lavora (=la casa è la sua sola soddisfazione)? Signora Sfigatis, la sua dimora sarà la piú linda di viale del Tramonto! <*e cosa vuoi di piú dalla vita?*>

La signora è sempre un target, qualunque sia la sua situazione. Si può inchiappettare qualcuno in ogni posizione, nel Kamasutra del marketing.

Il perdente

Mi sconcerta l'alto numero di persone che pensa che io stia facendo allenamento di cabaret a tempo perso inventandomi tutto.

Le persone si rifiutano di credere che tutto questo mi stia accadendo davvero. Ed è per questo che mi dicono: «Questa però non faceva tanto ridere, era meglio l'altra». *Zelig Live*, prove tecniche di realtà alternativa.

Maledetti. Ora ridete, ma la Kirby raggiungerà anche il vostro piccolo mondo intonso, è solo questione di tempo. Bene, mettendo da parte gli improperi contro gli increduli, mi domando se ci credereste che ieri una brava donna mi ha detto che non potevo avere l'appuntamento perché doveva ammazzare il maiale. Per un istante al fulmicotone ho pensato si riferisse all'omicidio del marito. Invece no, era proprio il suino di casa, l'altro. Situazioni bucoliche da mondo rurale.

Però la cosa significativa è che un altro consulente ha «lasciato il campionario», eufemismo per indicare che il povero Shark si è pentito di delinquere con la Kirby e ha deciso di dissociarsi, solitamente sfanculandoli. Questa cosa succede con una rapidità frequentissima, perché nessuno può essere ignobile 24 ore al giorno tutti i giorni dell'anno. Dopo Natale per esempio se ne sono licenziati sei. Gesú Bambino ha fatto il suo dovere sul cuore duro di questa squadra di cavallette del pulito. Ce l'ha comunicato Hermann. «Niente appuntamenti per Giulio Sconfitti, ha lasciato il campionario».

Coretto di perché delle telefoniste. Hermann fa uno sguardo truce, di donna che ha visto cose che noi umani ecc. ecc.

«Perché è un perdente». Pacata, lapidaria, arriva la sentenza. Per Hermann chiunque non voglia sposarsi con un Kirby ed essergli fedele vita natural durante è un perdente. Con chi va a letto questa ragazza? Lo compatisco, quel coraggioso.

Ecco cosa spetta a chi se ne va dalla Kirby. Negli occhi delle telefoniste si legge il timore di quel marchio incancellabile. PERDENTE.

Se te ne vai non è perché ti dissoci e questo mondo ti fa schifo. No, ovviamente è perché non sei all'altezza del ruolo.

Siano benedetti gli inadeguati.

Il polipone

Ogni giorno è una puntata di *Quark*, alla Kirby.

Le diverse specie di bestialità che vi si osservano la mettono in concorrenza con l'acquario di Genova. Ieri riportavo l'alto numero di collaboratori che improvvisamente smettono di collaborare.

Il turnover è talmente vorticoso che ora comincio a capire perché c'è una sezione di telefoniste appositamente addetta al reclutamento di nuovo personale: il Telelavoro. Mi domandavo come fosse possibile. Ingenua come Elisa di Rivombrosa, pensavo che prima o dopo avrebbero raggiunto la saturazione dell'organico. Ovviamente non è cosí e ben lo sa BillGheiz, che ogni mese si vede sparire un terzo dei venditori con motivazioni improvvise che variano da «ho il gomito che mi fa contatto con il ginocchio», «vorrei restare, ma mi hanno assunto all'ambasciata», fino a un meno eufemistico «fanculo, bastardi».

A nessuno di questi cosiddetti perdenti viene dato modo di salutare i colleghi, per timore che abbiano a svelare le loro demotivanti motivazioni al gregge delle «persone di successo». Cosí spariscono venditori e spariscono telefoniste. Un bel giorno arrivi al lavoro e vedi la postazione vuota.

Se qualcuno osa chiedere, Hermann sega il discorso con qualche epitaffio definitivo, tipo «non ce l'ha fatta». Il termine ultimo di un'agonia. E piú non dimandate.

Uno si immagina che l'abbiano abbattuta fisicamente perché non rivelasse il motivo del suo scontento da perdente. Non fatico a immaginare Hermann nel bagno, mentre BillGheiz fa il palo, ad agire con il Kirby sullo sventurato dissidente.

Fatto sta che quelli che si dimettono non li vede piú nessuno e la versione dei fatti in merito è sempre e solo quella dell'azienda.

Le telefoniste reclutatrici operano in una sezione distinta dell'ufficio, ma sta di fronte al bagno. Per cui basta un numero congruo di bisogni fisiologici per farsi un'idea chiara della loro teletrappola.

«Buongiorno, signora. Sono JessicaRizzo e chiamo da un'azienda di Paperopoli (il nome della Kirby non viene detto!) La nostra azienda sta cercando nuovi collaboratori e io la sto chiamando per sapere se nella sua famiglia c'è qualcuno in cerca di lavoro».

Non sento dall'altra parte, ma suppongo che la signora non creda che qualcuno venga a cercarti a casa per offrirti un lavoro, se si tratta di un lavoro serio.

Replica di Jessica: «Sí, signora, siamo una nuova azienda commerciale che sta cercando collaboratori nella sua zona. Cerchiamo consulenti informativi e consulenti pubblicitari. C'è qualcuno in casa sua che è in cerca di impiego?»

Di nuovo noto che il nome della Kirby non viene detto. Pensandoci, è intelligente. La signora è stata sicuramente già chiamata da una di noi per il fantomatico buono omaggio e magari l'ha persino fatto, entrando in intimità con il tipo di raggiro. Per cui – protettiva come una mamma yiddish – non darà giammai il nome del suo disoccupato pargolo a qualcuno che si guadagna il pane prendendo le mamme per il culo. Meglio dunque che non sappia chi sta offrendo il poco appetibile mestiere. Jessica ha il divieto di dire il nome dell'azienda per telefono.

Quando poi la persona viene a fare il colloquio, ci penserà Sigmund a dare dettagli cosí insignificanti come il nome dell'eventuale datore di lavoro.

Mi strabilia la naturalezza con cui noi telefoniste veniamo definite «consulenti pubblicitari» e Shark il venditore è detto «consulente informativo».

«Signora, gli unici requisiti richiesti sono la maggiore età per essere messi in regola secondo i requisiti di legge e in alcuni casi la patente di guida. Posso avere il nome e il telefono di suo figlio, cosí lo contatto direttamente e parlo con lui?» E la signora glielo dà, lieta che la dea fortuna sia stata cosí cieca da beccare proprio la sua nullafacente progenie per offrirle impiego per telefono.

Ogni appuntamento a cui poi la persona effettivamente si presenta frutta a Jessica tre euro lordi, anche se poi il «candidato» non accetta il lavoro o non viene ritenuto idoneo da Sigmund.

Questa ricerca non ha mai termine, chiamano esattamente dodici ore al giorno come facciamo noi.

I caduti sul campo della lotta all'ultimo aspirapolvere vengono subito rimpiazzati da nuova carne da massaia.

Presumo che nell'arco di tre anni, considerata la densità scarsa di popolazione della mia provincia, ogni famiglia avrà visto almeno una volta il Kirby in azione o avrà avuto un parente che ha lavorato per la Kirby.

La piovra di Placido aveva meno tentacoli.

L'importanza di saper dire di no

A volte ci sono delle persone che quando mi rispondono al telefono mi fanno pentire di non averlo fatto prima, questo pseudolavoro.

Stavolta è un uomo, un signore deliziosamente sveglio, per essere un maschio. Non è per sessismo, è che i maschi sono oggettivamente piú sprovveduti davanti a una voce di donna al telefono. Anche non al telefono, se è per quello. Ma questo è un altro discorso.

Scopo della telefonista è farsi passare la moglie, sempre e comunque.

«Buonasera, sono Camilla, lei è il signor Obstacolus?»

«Dipende. Cosa vende?»

Sento che vent'anni prima avrebbe potuto essere il mio maschio ideale.

Sorrido.

«Nulla, assolutamente nulla. Anzi, dovrei offrire un omaggio alla sua signora, lei è il marito della signora Obiettivus, vero?»

«Anche questo dipende». Ride lui e rido anche io. Questo non lo prendo per il culo, ma mi diverte vedere fin dove arriva.

«Todo depende, signor Obstacolus, siamo in un mondo di relativisti. Ma lei è davvero una persona molto spiritosa. Cosa devo fare per parlare con la sua signora, oltre a dirle come mi chiamo e che non ha nulla da temere da una cornetta del telefono?»

«No, è che è la terza telefonata in tre giorni sempre all'ora di cena. Sto cominciando a pensare che ci stiano facendo uno scherzo. C'è solo il mio nome sul suo elenco, signorina Camilla?»

«Assolutamente no, anzi. Però è sicuramente uno dei piú interessanti. Di cosa ha paura, signor Obstacolus, che le venda qualcosa per telefono?»

«Lei signorina mia potrebbe vendere per telefono anche a un sordo, con quella voce là. Però la sa una cosa? Mia moglie non gliela passo lo stesso. Tanti saluti, spero sarà piú fortunata altrove». *Click*.

Musica per le mie orecchie.

Ma chi l'ha detto che i veri uomini non esistono piú?

Questo novello esemplare di Sapiens Sapiens ha appena protetto la sua caverna e la sua compagna dall'assalto di un pericolo generico piuttosto consistente e l'ha fatto con determinazione e senso dello humor. Un uomo cosí può rendere il matrimonio un danno riconsiderabile.

Le casalinghe invece non riescono proprio a dire di no.

Tra i rifiuti velati – considerati non aggirabili – vengono prime in classifica le patologie. Due terzi delle massaie che dicono no sono affette da malanni di ogni specie, spesso rari, che vengono decantati con voce lamentosa.

«Non posso, sono giorni che non mi alzo dal letto, non rispondo neanche al telefono!» Però ha risposto, pensa te.

«Sto male da settimane, devo andare a ricoverarmi, domani o dopo non so, aspetto la chiamata della clinica».

«La richiamo allora tra due settimane, signora Bufaletti, e le auguro ogni bene!»

«Eh, tra due settimane chissà se sarò già tornata, è una gran brutta cosa che ho!»

La signora crede che io tra due settimane non la richiamerò, l'illusa. La Kirby non permette simili svarioni, tutti devono vedere il mostro, presto o tardi.

«Non ho voglia di ricevere gente, sono una donna sola e soffro di asma».

«Signora, guardi, le faremmo compagnia per un'orettamassimo, un'orettaemezza. E il macchinario che vedrà in funzione è proprio specifico per la prevenzione delle cause delle malattie respiratorie!»

«Epperò mi fa anche male la gamba. E poi mi dimentico. Vi dico di venire e poi non mi trovate, eh!»

La signora praticamente ha una combinata di Alzheimer, asma, sclerosi multipla e mitomania, le manca solo il Kirby e le sfortune della vita sono tutte al suo domicilio.

A fare la casalinga si contrae un po' di tutto, è un lavoro pericolosissimo.

Il suono del pulito

Ho aperto la porta del piano terra e mi ha assalito, dal secondo piano, un suono assimilabile a un martello pneumatico dentro una scatola di latta.

Deh, oggi non si telefona, ho pensato. Perché con i muratori di fianco chi mai mi sentirà?

Non erano i muratori.

Era il Kirby.

Il mostro fa un rumore della madonna. Non lo avevo mai sentito, ma è stata un'esperienza traumatica.

Non ho nulla in casa che si avvicini neppure lontanamente a quel frastuono, neanche il frullatore moltiplicato per tre. Nella sala meeting c'era quello che viene pomposamente definito «il corso», ovvero la catechizzazione alla vendita della nuova generazione di Shark-adepti che sono appena stati reclutati in sostituzione dei numerosi «perdenti» delle puntate precedenti.

La porta era aperta e ho potuto scorgere qualche frammento della liturgia del perfetto piazzista, celebrata da BillGheiz in persona, il quale, avevo dimenticato di dirlo, di questa religione dei poveri era divenuto Sommo Sacerdote, prima di diventare Profeta a sua volta aprendo un Tempio autonomo.

Essenziale per prendersi la laurea in Scienza della Turlupinazione è vedere almeno una volta una «demo» fatta a regola d'arte. E chi meglio di BillGheiz, Dottorato cum laude in questa augusta disciplina?

Eccolo lí, giacca e cravatta in completo scuro, mentre con mossa da ballerino scafato muove il manico del Kirby con una sola mano sul brandello di moquette appositamente adibito.

«Prendete dimestichezza *ratratratratrat* con questo movimento, la signora *gnekgnekgnekgnek* deve avere l'impressione che vada da solo e *stumpstumpstump* sia maneggevolissimo!» pontifica, danzando con l'aggeggio impazzito. Da queste parole deduco che il Kirby pesi anche un casino, tanto quanto il martello pneumatico di cui simpaticamente imita il verso.

«Questo rumore che sentite *strongstrongstrong* è in effetti un piccolo difetto del Kirby a cui stiamo cercando di porre rimedio, *ratratratratrat* ma non chiamatelo mai rumore davanti alla signora: dite sempre che noi preferiamo chiamarlo "il suono del pulito"! *studstudstudstud*».

Il suono del pulito... che commento mai può sorgere innanzi a un pulito che buca il muro del suono? Lo capirà anche la signora di tre piani sotto che quello che le fa tremare il lampadario è il suono del mio pulito? Prevedo riunioni di condominio piuttosto vivaci, a questo proposito. Ma che ci frega a noi? Ormai saranno affaracci della massaia.

La mandria di nuovi convertiti annuisce vigorosamente.

È esilarante pensare che questi giovanotti – che a casa loro non si fanno probabilmente manco il letto – si esibiranno davanti alle madri dei loro amici come se non avessero fatto altro in vita loro che arare le mattonelle di casa con il Mostro assatanato di decibel. In giacca e cravatta, ovviamente.

Prima di cominciare il turno faccio a tempo a leggere una slide proiettata sul muro. Pochi versetti della Bibbia del Kirby Apostolo: «Non fumare a casa del potenziale cliente. Dare sempre del lei. Non andare in bagno a casa del potenziale cliente...»

Il resto mi sfugge, dannazione! Ma ci metterò le mani, prima o poi.

Certo, è meraviglioso sapere che certi venditori grazie a me si dovranno fare duecento chilometri in auto per un appuntamento e poi una volta giunti non potranno nemmeno andare al cesso.

D'ora in poi prenderò appuntamenti in culo al mondo. Moriranno di cistite, se non possono essere sterminati in altro modo.

Ma questa nuova generazione di circuitori di casalinghe ha in serbo per me delle sorprese, quest'oggi.

Sono appena stati presi in attivo, quindi devono fare appuntamenti. E come si comincia a prendere appuntamenti per costoro?

Mirabile: ognuno di loro deve cacciare a BillGheiz venti nomi di parenti, amici e conoscenti.

Questa strage di innocenti viene data in mano alla telefonista-Erode, che si preoccuperà di chiamare gli ignari con una telefonata ad hoc, che sento oggi per la prima volta: «Salve signora Cavia, sono Laverne della Kirby, lei non mi conosce perché il suo numero me lo ha dato Shark, Shark Aspirante. Lo conosce, signora? (Eccerto, è la nonna, come fa a non conoscerlo, il bastardo che si vende il parente per dar l'incipit alla sua carriera di squalo). Come lei già saprà, suo nipote Shark ha cominciato a lavorare da noi e ha appena finito il corso di formazione per diventare consulente. Adesso dovrebbe iniziare la parte pratica e ha bisogno di fare alcune dimostrazioni di prova. Che ne dice, signora, le va di aiutare suo nipote a imparare a lavorare ospitando una di queste dimostrazioni a casa sua?»

Dunque, i primi venti nomi sono di Shark. Poi ogni nome ne darà una decina (10 x 20 = 200), che poi saranno contattati dicendo che devono aiutare il nipote di Mrs Cavia a lavorare. E via inchiappettando, dai piccoli numeri alla folla di casalinghe circuibili. Piccoli squali crescono.

Una mano lava l'altra/e tutte e due parano il didietro

Scorgo tracce di umanità, finalmente.

Però in questo terreno non può che nascere una piantina malata, per cui i segni di normalità tendono a manifestarsi nelle forme piú infime.

Ho scoperto come le telefoniste cercano di sopravvivere in questa giungla, sviluppando forme distorte di solidarietà di gruppo. Oggi ho preso un numero sconcertante di appuntamenti, piazzando dodici trappole per casalinghe a diverse ore del giorno, sempre grazie al decantato buono omaggio. Quella accanto a me invece arrancava, guardandomi con aria sconfitta. L'incubo dell'etichetta di perdente prendeva consistenza negli occhi di questa ragazza nel loculo accanto.

Sarà bene ricordare che le telefoniste che nel loro turno di quattro ore non prendono il numero prefissato di appuntamenti per due giorni consecutivi, il terzo giorno sono tenute a fare due turni di quattro ore per rientrare in pari.

«Ma non è una punizione. È la possibilità che vi offriamo per raggiungere il vostro obiettivo, è un'opportunità!» cosí dice Hermann. In questo ufficio io sto imparando ad associare alla parola opportunità il senso di fregatura. A questa splendida opportunità le telefoniste, tutte, preferirebbero un weekend in una gabbia con tre scimmioni nutriti a viagra, ma non pensavo che fossero giunte al punto di organizzarsi in forme di autosostegno per sopravvivere.

La buona Peggy al mio fianco mi fa: «Sono a quattro. Tu che sei a dodici dammi il prossimo, altrimenti domani mi tocca il doppio turno. Poi quando sei sotto tu te li passo io». Affascinante. Per un istante riassaggio il sapore dei piccoli intrighi di classe per i turni delle interrogazioni e i salvataggi tra compagni, i bei tempi in cui *compagno* non era solo un modo alternativo per dire *comunista*. Compagno – dal latino *cum panis* – vuol dire che divido con te il pane. E se ti passo un appuntamento di fatto ti sto regalando cinque euro lordi, quindi pane vero e proprio. Qualcosa mi dice che qui dentro lo fanno tutte, questo giochetto.

Sorrido e le passo il prossimo appuntamento-trappola senza fiatare. Peggy, Peggy… lei è la prova che le tecniche di Hermann e BillGheiz per aizzarci a mangiarci a vicenda scatenando il nostro istinto di supremazia sono delle emerite cazzate. Questo barlume di umanità oscura mi commuove prepotentemente.

Ecco perché quasi nessuna di loro fa mai picchi estremi di rendimento. Quando una boccheggia, si fanno le trasfusioni di appuntamenti a vicenda. La Ernesta Guevara che c'è nel mio intimo sussulta di sinistra speranza.

A meno che – molto piú prosaicamente – non scopra che mi ha solo fottuto un appuntamento e quando avrò bisogno io morirò di epatite appuntamentale.

Kirby : supercar = casalinga : maicolnait

BillGheiz è un genio del male. Ma a volte dice cose che mi sconcertano.

Ieri, nella pausa, passiamo per la sala meeting, che è il raccordo inaggirabile per raggiungere la zona break.

Il self-made man è in piedi vicino al leggío sulla pedanina (giuro, questa sala sembra una chiesa evangelica o un ritrovo per testimoni di Geova, c'è tutto l'armamentario di base) e ci ferma con voce amichevole, squillante, disinibita, sicuradisé. La voce di un uomo di successo.

«Ragazze, ma voi il Kirby lo avete visto mai? Perché non si può vendere una cosa che non si è mai vista. Conoscere per far conoscere!»

Ogni frase di BillGheiz finisce con uno slogan. Cosa dirà alla sua signora dopo l'accoppiamento? «Mia cara, come vedi la potenza è nulla senza controllo». Ma del resto, la moglie di BillGheiz faceva la consulente, per cui immagino che risponda canticchiando con toni simili, come la signora dei sofficini: «Mio caro, ma cinque minuti, solo cinque, capirai...!» Marketing di coppia da manuale.

No, non lo abbiamo visto il Kirby. Per un venditore nell'anima, è un invito a nozze.

Lo accende ed è l'apocalisse. Per vincere l'inquinamento acustico deve gridare.

«Ecco il nostro gioiello, ragazze mie! Dovete assolutamente vedere una demo, è essenziale per la credibilità della telefonata che fate!»

Io sento che lo venderei molto piú credibilmente senza averlo mai visto, il mostro. Ogni volta che lo accende lo trovo piú indesiderabile. Annuisco con aria pecoresca.

«Per esempio questa luce davanti al Kirby sapete a cosa serve?»

No, ovviamente. Per illuminare le formiche negli anfratti prima di condannarle a questo Auschwitz del parassita domestico?

«Serve per i non udenti. Cosí sanno sempre che il Kirby è acceso oppure che è spento!»

Ma come ho fatto a non pensarci prima!

Come se qualcuno potesse ignorare l'accensione del mostro, che vibra come un compressore, anche essendo cosí fortunato da non udirne il rumore. La sordità in questo caso è una condizione non disprezzabile, se sei una casalinga. Oppure la verità è che a forza di usare il Kirby si diventa sordi giocoforza.

Non sarà per pura estetica? Il Kirby ricorda KITT di *Supercar* e ha un'aria piú fica, non come il povero Folletto verde e crema che fa tanto utilitaria della FIAT. In effetti il Kirby è un po' come un coupé con i cerchi in lega e la minigonna, la tipica macchina tamarra del bulletto di periferia, tutto cromato e luccicante. Il Pietro Taricone dell'auto ha sempre il finestrino abbassato anche a zero gradi e la radio a tutto volume che fa *unz-unz-unz*. Come il Kirby, praticamente. Aggiungeteci che ha il brevetto NASA e l'effetto «oggetto fichissimo e spaziale» è completo. La casalinga si vede già con il Kirby-KITT in mano, verso l'orizzonte dove il sole tramonta in slow motion.

Riusciamo a sfuggire alla demo fuori programma per goderci i già pochi minuti di pausa.

Ma non ci andrà sempre bene, lo sento.

Antitelespamming

La riunione motivazionale del venerdí somiglia un po' a un varietà televisivo per pensionati buonisti, del tipo *Il Treno dei desideri*, con un BillGheiz in versione Antonella Clerici che realizza il sogno della Peggy Sue di turno, offrendole il mirabile portachiavi griffato Kirby, tra la gioia (poca) e l'invidia (tanta) del resto del pubblico non pagante, ovvero noi. Interruzioni pubblicitarie non ce ne sono, è tutto un immenso spot. Niente di meno mi aspettavo da questo ennesimo venerdí.

Invece questi mattacchioni del Kirby World mi hanno preso di sorpresa.

Questa riunione motivazionale infatti aveva piú i tratti di una commedia americana brillante, sul genere *Harry ti presento Sally*. Ci sono stati momenti in cui mi sono sentita effettivamente Meg Ryan che simula l'orgasmo nel ristorante pieno di gente.

Simulazione. Ecco la parola chiave.

Intanto BillGheiz non c'era, era fuori in missione.

Per cui niente premio, ma una Hermann nei panni di esperta della circuizione casalinga che ci ha fatto scuola di telesodomizzing per due ore.

Talvolta interpretava la casalinga indomita che dovevamo intortare, talvolta era la telefonista-rambo che dovevamo imitare.

Mi sono goduta una sequenza di simulazioni di telefonate tipo che praticamente prevedevano ogni obiezione partoribile non solo dalla casalinga nella media, ma anche da quella al di sopra e al di sotto. Da manuale.

Il bello è che poi il manuale ce lo hanno anche dato, il kit della piccola telefonista pieno di perle della psicologia del venditore scoscienziato.

«Mai porre una frase in modo negativo. La parola no non deve mai comparire in nessuna delle sue varianti. Non chiedete: "Non le verrebbe bene, signora, domani pomeriggio?"

La risposta ovvia è: "No, non mi viene bene affatto!"

Dite invece: "Signora, le viene meglio domani pomeriggio o dopodomani mattina?"

Cosí, con due alternative che sottendono comunque un sí, il no viene decisamente piú complicato».

Me ne ricorderò, quando Hermann per farmi lavorare nel weekend mi chiederà se preferisco fare il turno di sabato o quello di domenica.

Le scienze umane della psicologia sociale in mano a questa gente diventano armi di distruzione di massa.

Alcune delle tecniche invitano esplicitamente alla menzogna. Per esempio questa finta compartecipazione:

«Quando la signora espone un suo dubbio o problema, dichiarate esplicitamente di condividerlo, perché vivere le stesse situazioni avvicina le persone e la signora deve vedere in voi un'amica che la capisce.

"Non ho tempo, ho due bambini piccoli…"

"La capisco, signora, anche io ho un bimbo piccolo e so quanto poco tempo mi lascia… *<sorriso complice, la signora lo sente>*… per questo cercheremo di venirle incontro con l'orario, per esempio in una mattinata, quando i bambini magari sono alla scuola materna, tanto è solo un'orettamassimo, un'orettaemezza. Che ne dice signora, domani mattina o dopodomani mattina?"»

Sorvolando sul fatto che non ho un figlio piccolo, c'è da considerare che le idee di Diabolik a confronto del Kirby-pensiero sono fantasie da bimbo ingenuo.

E la cosa inquietante è che funzionano. Siamo davvero cosí manipolabili, è evidente. Perché mentre noi non pensiamo minimamente a quello che diciamo, c'è chi dall'altro lato del telefono ha già pensato a tutte le possibili obiezioni e sa come prevenirle con abili dribbling verbali. Cosí ci ritroviamo a dire sí senza nemmeno sapere perché lo abbiamo fatto.

Però ci sono obiezioni assolutamente imprevedibili, che riducono la telefonata-trappola a pochi minuti di goduria nei quali è la telefonista che non vede l'ora di chiudere, scommettiamo. Ovviamente bisogna fare in modo che, oltre a chiudere, non richiami mai piú.

Maialate caserecce:

«Signorina, stavo facendo l'amore con quello stallone di mio marito e ho risposto al telefono per puro istinto. Sta in linea mentre finisco o mi richiama tra due ore?»

Dieci a uno che non richiama.

Approccio funebre:

«Mi scusi, ho la salma di mio suocero ancora tiepida in casa e credevo fosse l'agenzia funebre».

Il *click* della missionaria della Kirby è quasi immediato.

Centro di Igiene Mentale:

«Chi è?»

«Sono Camilla della Kirby, signora...»

«Chi??? Ma dove ha preso il mio numero???»

«Dall'elenco telefonico, signora...»

«Ma chi è?»

«Camilla, signora, della Kirby...»

«No, no no… io l'ho capita, lei mi sta prendendo in giro, è l'infermiera del CIM, vero? Brutte stronze, smettetela di trattarmi come una pazza, basta!!»

E giuro, questa mi è successa davvero.

Certo, c'è anche l'intramontabile ed efficacissimo vaffanculo, ma in certe situazioni si può anche dare spazio a una maggiore creatività.

Casalinga Kirby:

«Ho già il suo meraviglioso Kirby e sono soddisfattissima. Siete dei geni della tecnica del pulito, andate avanti cosí!»

Anche questa ha il suo perché, se una proprio non ci tiene a passare per pazza o per maniaca sessuale.

Casalinga imprenditrice porno:

«Signorina, che bella voce ha… non ha mai pensato di fare la telefonista erotica? Sa, mio marito ha un centro di hardcalling, se vuole fare un provino…»

Chi domanda comanda, questa è la prima regola del marketing.

Anche l'approccio lesbo può dare i suoi frutti. Ma lí bisogna stare attenti, perché tanto non è la telefonista che va a fare la dimostrazione, per cui può anche bastardamente mandarci la signorina Shark per il puro gusto di metterla in una situazione imbarazzante.

Quasi quasi chiamo a casa di Silvia per sentire che scusa mi caccia…

Il pupillo non dorme mai

Spingere a livelli da assassinio la competitività professionale all'interno del dipartimento telefonico è deleterio. Me ne rendo conto ogni giorno, mi domando se lo realizzi anche l'Olimpo del Regno Kirby. Tutte le telefoniste hanno preso coscienza che fissare molti appuntamenti è un'idiozia.

Nel Vangelo secondo BillGheiz è cosí affermato: «L'obiettivo raggiunto di oggi è la base di partenza per quello di domani».

Pertanto si vola il piú basso possibile, in quella zona grigia che permette la sopravvivenza minima economica e garantisce allo stesso tempo l'aura di necessaria mediocrità per non primeggiare mai piú di due giorni consecutivi sulle altre.

È infatti innegabile che il livello di popolarità di una telefonista tra le colleghe sia inversamente proporzionale al numero di appuntamenti che riesce a prendere in piú di loro. Il frutto bacato dello spirito Kirby è proprio questo: chi primeggia è odiato, perché il fantino costringe anche i brocchi a correre come stalloni per raggiungere il traguardo, ogni giorno piú distante.

Dopandoli a dovere con premi e cotillons.

Per me è un problema. Essendo ormai divenuta quasi padrona delle tecniche di stupro al telefono, le casalinghe non sanno piú dirmi di no. Al massimo mi dicono forse. Però si sa, quando una donna dice forse, vuol dire sí. Certo, quando dice «affanculo», allora magari è davvero un no. Ma non succede spessissimo. Ho calcolato che la mia media – con il buono omaggio – è di un sí ogni nove chiamate.

Drammatico per la mia vita sociale in ufficio. Ma tanto anche quella sta per subire un giro di vite mica da niente.

La notizia del giorno è che a breve il nostro ufficio sarà teatro di una delle piú indiscrete intrusioni nella vita umana generate dalla tecnica delle telecomunicazioni.

L'equazione è di quelle che mettono i brividi:

Tecnologia + bastardaggine di Hermann = Pupillo.

Codesto oggettino, sfornato dalla compagnia telefonica Tre, riesce a essere inquietante quanto il Kirby, ma fa meno rumore.

Hermann ci ha comunicato che, a causa dei lunghi periodi di assenza dall'ufficio cui lei e il boss sono costretti per mantenere il contatto stabile con la casalinga in carne e ossa, saremo messe sotto controllo con questo oggettocam: un piccolo mostro guardone che sembra un ovetto pasquale e si aziona a distanza con una semplice chiamata da un cellulare.

Saremo spiate.

L'oggetto si accenderà e mostrerà a Mamma-Hermann e a Papà-BillGheiz che cosa fanno le loro figliolette quando non ci sono loro.

Saremo le star del loro personale reality show. George Orwell era un ottimista.

Se chiacchieriamo, lo sapranno.

Se ci infiliamo le dita nel naso, non sarà piú una pruriginosa pratica intima.

Se abbiamo l'abitudine di masticare il tappo della penna aziendale, non ci sarà piú verso di dare la colpa alla collega del turno prima.

Se non telefoniamo a raffica, gli strali dell'occhio elettronico di BillGheiz lo registreranno inesorabilmente.

Non potremo nemmeno mettere, come nei film di genere, una foto statica dell'ufficio con noi che ci esibiamo nel nostro massimo momento di produzione: il Pupillo trasmette anche l'audio.

Non sarà piú consentita la minima debolezza, la minima distrazione, il minimo cedimento.

Me li immagino questi due, in qualche aeroporto dove attendono il cargo Kirby per il meeting aziendale nazionale, che chiamano furtivamente il vigile Pupillo con aria a metà tra Daria Bignardi e un compagno di merende, per carpire l'istante di non produttività e sanzionarlo a suo tempo, saggiamente.

Non posso non chiedermi se i consulenti-Shark saranno dotati di un braccialetto elettronico che rilascia una scossa elettrica quando non si presentano all'appuntamento fissato, qualunque sia il motivo. O di un Pupillo portatile che consentirà al Controllo di verificare se stanno davvero brutalizzando il materasso-divano-tappeto della massaia e non semplicemente prendendo, umanamente, un caffè.

Benvenuti al Grande Fratello.

I mariti delle altre

L'approccio con il marito è quello che preferisco.

Quando chiamo e risponde un uomo, io non dico che sono «Camilla della Kirby di Paperopoli». Dico che sono Camilla e basta. E che vorrei parlare con la signora Obiettivo. Lo scopo è ovviamente indurlo all'equivoco che possa trattarsi di una conoscente della consorte.

I mariti hanno tre tipi di reazione standard che è possibile statisticizzare.

L'uomo che non deve chiedere mai: muore dalla voglia di sapere che cacchio vuoi da sua moglie, chi diamine sei, come hai avuto il loro numero (e anche quanti anni hai e se sei sposata). Ma se lo chiede fa la figura di quello che non conosce i fatti della moglie. Per cui di solito fa un attimo di silenzio, poi dice: «Gliela passo subito...» con il tono esitante di chi comprende che qualcosa di importante gli sta sfuggendo. Questi sono la maggioranza. Una parte di me esulta, ma un po' mi dispiace per l'occasione persa per ridere.

Luigi XVI: questo non si vergogna a chiedere perché vuoi parlare con Marie Antoinette. A quel punto non c'è scampo, glielo devi dire che la moglie non ti conosce, che non è niente di urgente e che si tratta di una cosa che riguarda la padrona di casa. E lí scatta il plurale maiestatis: «Non Vogliamo Niente».

Bellissimo.

Lui non vogliono niente. Essi non ha bisogno di nulla.

Provo a replicare, debitamente docile, con quella sfumatura di voce tra il conciliante e l'imbarazzato che usano le femmine quando devono parlare del ciclo e c'è un uomo davanti. «Non le ho offerto nulla, volevo solo parlare con la sua signora a proposito di una questione che riguarda la cura e l'igiene della casa». Cose di donne, insomma.

Lui ribadisce, pluralissimo e lapidario: «Le ho già detto che non compriamo niente e non ci interessa».

Lui non comprano niente. Loro non è interessato.

Fa ridere, ma io un uomo che mi toglie la soddisfazione di dire vaffanculo di persona non lo vorrei. Certe libertà non fanno parte della comunione dei beni.

Otello: «Chi è lei» (niente tono interrogativo, è un'affermazione).

«Sono Camilla di Paperopoli, stavo cercando la signora Desdemona».

«E cosa vuole da mia moglie?»

Capisci subito che non è un semplice «perché». Non è il «cosa vuole» la cosa che conta. È il «mia». C'è tutto un mondo che si svela, che si intuisce angusto e sospettoso. Terreno minato. Sminare subito: «Niente di urgente, signor Ostacolo. Se crede posso richiamare, oppure se vuole dico a lei, tanto a lei o a sua moglie non fa differenza, per me, è una cosa che riguarda la casa, che è di entrambi...»

A questo punto Otello molla le resistenze, perché se posso dirlo anche a lui, allora non è necessario che lo sappia. E se non avessi potuto che era invece indispensabile saperlo.

Ovviamente le cose piú esilaranti accadono quando si esce da questi tre stereotipi. Oggi uno mi ha ripagato di anni di delusioni in campo maschile, con una telefonata fulminante che la metà delle risate che mi sono fatta bastava.

«Pronto, sono Camilla di Paperopoli. Posso parlare con la signora Caius?»

«Quella puttana se ne è andata ieri con un altro. Le darei il numero di cellulare solo per il gusto di romperle le palle, ma tanto la stronza non risponde. Se la rintraccia mi faccia sapere».

And the loser is...

Giornata densa, di quelle dove impari cose che ti fanno rimpiangere l'ignoranza.

Dubito che questo post possa strappare un sorriso.

Tutto vero come sempre, comunque.

Io l'ho capito che sono arrivata in questa organizzazione in un momentaccio.

La riunione motivazionale, gli incentivi spinti, tutto l'organigramma in subbuglio...

Infine doveva arrivare la mannaia a colpire l'anello debole che ha la colpa imperdonabile di essere il perdente del mese.

La puzza di morto si sentiva attorno a una telefonista specifica, ma anche il reparto Squali in Campo ha avuto la sua parte.

Questa mattina dopo venti minuti di lavoro Hermann ci interrompe: «Laverne, PeggySue e JessicaRizzo a rapporto da BillGheiz. Tu Camilla stai pure dove sei e occupati di queste due nuove ragazze, Candida e Ingenua, fagli sentire come funziona il buono omaggio».

Rimango sola con le due novelline e sfoggio la migliore delle telefonate possibili, mentre le mie colleghe sfilano nel corridoio come il condannato di *Dead Man Walking*. Venti minuti, poi tornano tutte in perfetto silenzio e JessicaRizzo raccoglie le sue cose. Piange.

«Ciao Camy, dammi almeno un bacio...»

Realizzo che non sta uscendo per comprarsi il pranzo. L'abbraccio. Jessica ha fatto un anno di lavoro qui la settimana scorsa.

Hermann vigila come un mastino, pronta a smorzare il minimo segno di commozione umana, perché poi l'umore cala e si sa, di cattivo umore non si telefona bene. Quando lo strazio dell'addio si protrae, emette un grugnito: «Jessy, mò basta, dài...»

Jessica esce e chi si è visto si è visto.

Le due novelline capiscono poco, ma non ci vuole la laurea in psicologia per capire che è stata appena tirata la catenella. Scommetto che poi Hermann ci spiegherà che Jessica e BillGheiz hanno deciso di comune accordo che lui non voleva piú che lei lavorasse qui.

Me la segno. Io non sono stata chiamata. Scommetto con te, Silvia, che venerdí mi tocca il portachiavi del successo. Un'epurazione per alzare la tensione e far capire che si fa sul serio, che cazzo, mica siamo qui dentro per giocare. Il copione prevede che ci debba essere anche la carota, il piccolo premio per far capire che non siamo stronzi in fondo, è che ci disegnano cosí. A chi se lo merita diamo anche i giusti riconoscimenti, eccheccavolo. Tieni il portachiavi, Camilla, te lo sei proprio meritata. Applauso, grande Camy!

È mercoledí. Venerdí vedremo se ho capito la manfrina o se devo smettere di bere latte di vipera al mattino e fare invece piú sesso.

Però, se Atene piange, Sparta non ride di certo. Anche qualche consulente oggi, suo malgrado, ha «restituito il campionario».

Da leggersi come: «Perdente, non vendi, dacci indietro il mostro, bestia che non sei altro, come fai a non vendere una cosa che se parlasse si venderebbe da sola? Non vedi che gli manca solo la parola?»

Guarda caso è il consulente per cui lavorava JessicaRizzo (alle telefoniste viene affidato solitamente uno specifico consulente, per pianificare la sua giornata con i suoi nomi referenziati. Io faccio buono omaggio, sono un battitore libero).

Non so in che termini sia stato concluso il rapporto lavorativo, ma fatto sta che il poveraccio quando è uscito era talmente sconvolto che ha avuto un collasso nervoso ed è stato necessario chiamare l'ambulanza per soccorrerlo. Fuori dall'ufficio le luci lampeggianti del Soccorso illuminavano uno spettacolo veramente pietoso, soprattutto perché nessuno è sceso, di quelli dell'amministrazione, a vedere che cavolo stesse succedendo.

Io e altre due ci siamo trattenute perché avevamo appena finito il turno, altrimenti sono certa che avrebbero cercato di scoraggiarmi a scendere. E lí sí che avrei riso davvero. Come rapportarmi a tutto questo? Immagino che dire «me l'avevo detto» sia superfluo.

Che tipo di violenza emotiva, che pressione psicologica bisogna fare su un uomo di trent'anni per farlo arrivare a vomitare in strada piangendo? Quanto deve arrivare a sentirsi una merda un povero cristo perché non vende abbastanza aspirapolveri?

E mi sembra di vederli alla finestra dell'ufficio a guardare fuori, mormorando tra sé che quella è la fine che fanno i perdenti, dietro il vetro specchiato che è la versione light del Pupillo che ci aspetta. Alla ragazza nuova che stava vicino a me ho detto: «Guarda bene. Se resti non permettergli mai di ridurti a pensare che vali solo quello che ti pagano». Spero per lei che abbia afferrato il concetto. Da oggi per me diventa piú difficile.

Oggetto aspirante non identificato

In giro di immagini del Kirby non se ne trovano. È davvero un'impresa reperirne una che renda l'idea della realtà del mostro.

Solo oggi sono riuscita a scovarne una, in un sito amatoriale che si occupa di recensire i robot casalinghi. Vedendolo si comprende perché il Kirby non diffonda foto sue. Nel nostro ufficio, per esempio, ci sono cartelli motivanti pieni di slogan ispirati alla piú squallida e banale retorica. Ma non c'è nemmeno un'immagine dell'oggetto attorno a cui ruota tutto il magna magna. Persino nel sito ufficiale dell'elettrodomestico non ci sono foto intere del mostro. Il motivo è evidente: il Kirby somiglia a una lucidatrice obsoleta fine anni ottanta, con appeso al manico il suo bel sacchetto fantasia che ricorda tanto gli interni del modello base della Panda. Non ha affatto l'aria avveniristica e futuribile che gli si vorrebbe attribuire. Poiché tutto il sistema di vendita della Kirby si basa sulla dimostrazione diretta, non c'è modo di scoprire com'è fatto il mostro se non ospitandolo direttamente a casa propria e consentendo a Shark di fare il suo piccolo teatrino turlupinatorio.

A che scopo diffondere le immagini, se puoi contare sull'effetto Kinder sorpresa? Il consulente arriva con le borse-scatola chiuse e scure. Ed estrae i pezzi uno alla volta con religioso, studiato rituale. La signora deve avere l'idea che questo oggetto misterioso non abbia nulla in comune con l'innocente aspirapolvere che pensava di ospitare in casa. Questo, signora mia, viene da un altro mondo, altro che Folletti. Lo ha sempre sognato, vero? Eh, signora cara, i sogni son desideri, non se li neghi...

Il sito ufficiale esprime questo concetto in un modo che, al di là dell'apparente rusticità del webdesign, denota una scaltrezza da faina. Al posto delle foto c'è un piccolo filmato in flash composto da una mezza dozzina di immagini di particolari del Kirby, sempre cromati e inquadrati da punti di vista impossibili da riconoscere, tanto che il Kirby potrebbe essere indifferentemente grande come un frigo o piccolo come un walkman. Non serve per capire come è fatto, ma per dare l'idea di una misteriosa cosa figa il cui arcano potrà essere svelato solo dal sacerdote-consulente che ne conosce gli anfratti avveniristici.

«No, signora mia... a lei lo posso confessare, ora che siamo solo io, lei e il suo materasso... non lo abbiamo veramente costruito. Lo abbiamo in realtà catturato, insieme a quei geniacci della NASA, mentre vagava tra gli astri aspirando senza conseguenze la polvere delle stelle».

Immagino di mettere in sequenza un filmatino soft di foto mie fuori contesto, tipo occhi + bocca + piedino36feticcio + seno + caviglia + sedere. Chi non potrebbe far credere che trattasi di velina ultrafiga, bionda o bruna non importa, che al momento giusto salta fuori dalla torta di compleanno vestita solo di panna e Smarties? Poi se somiglia piú alla Sconsy che alla Canalis a quel punto fa poca differenza. Il maschio è già in ginocchio.

Tutto sembra grande, se si sta in ginocchio.

Il prezzo del successo

Oggi, tra le varie cose, ho scoperto che il prezzo del Kirby è un argomento... flottante. Ovvero, il Kirby non ha un prezzo stabile.

Chiamavo fuori zona, in tutt'altra provincia. La signora mi confessa con candore di aver appena ricevuto la visita per il buono omaggio di un consulente della vicina Topolinia.

«Guardi, sono appena venuti... tre giorni fa. Era una cosa bellissima (la casalinga nella sua profetica ignoranza si riferisce sempre al Kirby chiamandolo «la cosa») ma costava troppo... esagerati, quattromila euro!»

Cado dalle nubi.

«Ma come, signora, quattromila euro? Ma guardi che si sbaglia, il prezzo del Kirby non è assolutamente quello!»

«No, no... altroché, è quello eccome. Certo, poi mi faceva lo sconto di quattrocento euro, ma sempre di tremilaseicento euro stiamo parlando...»

Mentre mi volto verso Hermann per denunciarle l'anomalia della telefonata, la vedo già che mi fa cenni vorticosi di chiudere la comunicazione.

Obbedisco.

«Non preoccuparti, sarà l'ufficio di Topolinia che lo vende a quella cifra. Quando è cosí tu di' sempre che veniamo noi a fargliel vedere e che le faremo senza dubbio un prezzo migliore, molto molto migliore. Accennale alla possibilità di sconto anche del quaranta percento. Non dare però mai agli altri degli imbroglioni, evita di riferirti all'altra organizzazione».

United Kingdom of Kirby. Comincio a capire, faticosamente.

L'organizzazione di *network marketing* (evoluzione del famigerato *multilevel marketing*) attraverso cui si esprime la Kirby ha un certo margine di libertà in merito al prezzo dell'oggetto-mostro. Perché la sua vendita deve coprire molti piú costi di quello della semplice produzione dell'elettrodomestico. Ogni Kirby paga, a salire in modo verticistico, tutti i livelli dell'organizzazione di distribuzione, in una piramide remunerativa che parte dalla telefonista fino all'amministratore delegato della Kirby International, nella sua megavilla di Marbella.

Per cui non c'è nulla di strano che il Kirby possa costare, trecento chilometri piú a nord, mille euro di piú che da noi. Evidentemente quella struttura ha attualmente costi molto elevati. O una gran voglia di guadagni ampi. Peccato che sia un prezzo talmente inaccessibile da bruciare la piazza a loro e predisporre la casalinga ad acquistare da chiunque spari un prezzo inferiore per lo stesso prodotto, alias la Kirby di Paperopoli con cui delinquo io.

Rimane però la domanda importante: quanto cazzo costa veramente il Mostro?

P.S.

Su Ciao, sito satellite di eBay dove vengono giudicati i prodotti di ogni categoria, ho trovato un'opinione interessante di una ex consulente. La Shark pentita dichiara che il Kirby costerebbe al massimo centocinquanta euro. Una considerazione da verificare. A questo proposito mi viene in mente che i consulenti hanno, tra i possibili premi aziendali, anche il Kirby stesso. Perché mai uno dovrebbe voler vincere l'oggetto che vende? Ed è una promozione permanente... Ah, non ci dormirò la notte, ma lo scoprirò. Ha ragione Silvia. Scopo poco.

Chiacchiere e distintivo

Non c'è avanzamento gerarchico. Non c'è obiettivo significativo raggiunto. Non c'è record frantumato... che non venga celebrato con un distintivo.

In Kirby il distintivo è uno status symbol, un oggetto del desiderio. Trattasi di oggettini grandi grosso modo come un bollino Chiquita, quadrati o ovali, nel cui arcano spazio domina incontrastata la K aziendale, circondata da una sequenza geroglifica di pietrame piú o meno prezioso, suppongo scarti che non possono diventare altro che kirbate.

Il possessore di questo amuleto del successo, dal design a metà tra il portafortuna di wannamarchi e la bigiotteria da bancarella, lo sfoggerà in ogni occasione possibile. Credo che per direttiva aziendale siano persino obbligati a indossarlo sul lavoro. Ma questi non c'è bisogno di obbligarli. Lo metterebbero comunque, perché il paradiso Kirby ha i suoi sacramenti e i suoi segni. Tutti devono poter vedere a quale stadio del cielo sei arrivato.

Io non fatico a immaginare Hermann in vacanza, d'estate, con due distintivi Kirby apposti sul pezzo superiore del bikini a mo' di capezzoli, con il tipico piglio da manager sadomaso di vecchioniana memoria.

Il bikini è nero, perché cosí il metallo e la polvere di pietruzze spiccano bene.

Ma ora che ci penso Hermann non va in vacanza.

«Guarda, PeterSeller ha i quattro rubini sangue-di-piccione! L'hanno promosso Best-Housewife-Fucker!»

«Oddio, ma guarda JohnnyBeGood! Ha i tre smeraldi con lo zircone! È stato nominato Cool-Seller-Chairman of the Year!»

I titoli della gerarchia sono sempre in inglese. Anzi, in americano. Fa fico, come dire che il Kirby è un macchinario che viene dall'America.

Negli occhi di questa gente i cui genitori parlavano solo il dialetto c'è l'ombra dello skyline di New York, l'orizzonte dove vorrebbero specchiarsi.

Hanno sogni americani, credo.

Io, che nella guerra fredda parteggiavo per la Russia, ho i miei problemi con questo american-distintivo.

Mentalmente lo associo a due cose:

– Il poliziotto che deve imporre un'autorità non sua in forza di un simbolo.

– Il cane fedele che indossa la sua medaglietta perché si sappia sempre chi è il suo padrone, e di conseguenza chi è il cane.

Ora, mi domando, questa gente con il distintivo è piú poliziotto, piú cane fedele o piú cane poliziotto?

La risposta sarebbero comunque chiacchiere.

E distintivo.

Migliori. Ma anche no

Accennavo al concetto del paradiso Kirby.

Piú ci sto, piú intravedo i tratti di una filosofia di vita di stampo misticheggiante, una sorta di bricolage religioso dove il Kirby è il Verbo, ma tu sei Sacerdote, Profeta e alla fine anche Terra Promessa di questo simbolico Esodo da casalinga in casalinga. L'autorealizzazione è l'equivalente sharkiano della redenzione. Sarebbe sbagliatissimo supporre che questo paradiso sia posto solo in termini materialistici, di cose, soldi, viaggi a quel paese e distintivi paccottiglia.

C'è molto di piú. Purtroppo.

La Kirby non promette ai suoi collaboratori di diventare semplicemente persone piú ricche. Promette loro di diventare anche persone migliori.

Cito testualmente dal sito ufficiale, alla voce «Opportunità per chi lavora con noi»: «Un'esperienza unica e indimenticabile. Alla Kirby, acquisirà delle competenze che Le si riveleranno preziose per il resto della Sua vita. Non si tratta della mera capacità commerciale, ma di competenze utili nell'ambito dell'intrattenimento di rapporti interpersonali, doti di carattere motivazionale, capacità organizzative e gestionali».

Ora, tralasciando il fatto che io sono convintissima – per motivi tutti miei – che questa per me sia un'esperienza unica e indimenticabile, restano da sviscerare con occhi un po' puliti le tre affermazioni secondo le quali diventerei una persona migliore lavorando in Kirby:

– Competenze utili nell'ambito dell'intrattenimento di rapporti interpersonali. Cioè la Kirby mi allena a migliorare i miei rapporti personali. Suppongo che facciano parte di questa conversione all'umanità relazionata le richieste di monetizzare i nomi dei miei parenti e amici, stendendoli su un foglio con nomi e numeri perché una telefonista possa chiamarli come potenziali clienti. Questa è gente che ha venduto l'aspirapolvere alla madre per intascare la provvigione (Hermann). O magari migliorare rapporti umani è inteso anche come imparare tecniche di raggiro comunicativo tali che la persona che voleva dirti no alla fine ti dice sí convinto che l'idea sia venuta a lui. Ma chi era Leo Buscaglia in *Vivere Amare Capirsi* in confronto a questi pontefici del rapporto umano? Il verbo Kirby ha superato tutti i confini dell'empatia relazionale, *think positive*!

– Doti di carattere motivazionale. Uhm. Qui la motivazione personale passa per l'autosuggestione. Ci si convince che quello che si sta facendo no, non è una stronzata poco chiara, ma una cosa degna, che fa di noi delle persone con un ruolo nella società che è quello dei buoni, degli utili, dei positivi. BillGheiz ogni mattina allo specchio si ripete: «Il mio lavoro è importante, io sono importante, quello che faccio ha un grande valore sociale». Lo compresi quando al colloquio mi disse: «Io do lavoro a cinquantadue persone, qui, sai?» (… un milione di nuovi posti di lavoro… l'ho già sentita).

E 'sti cazzi, un benefattore. Madre Teresa di Calcutta in completo Armani. A breve cavaliere del lavoro. In altre parole in Kirby impari a prendere per il culo te stesso per poter meglio perculare il prossimo. Perché una persona poco convinta prima o poi si pente e smette. Uno convinto invece diventa presto – da vittima – complice (leggi: Hermann).

– Capacità organizzative e gestionali. Qui ci vorrebbe un libro, non un blog, per rendere pienamente l'idea di cosa intendano. Quando un'azienda ha un obiettivo commerciale e lo persegue con tecniche efficaci non casuali impiegando tutti i fattori produttivi al meglio, allora sta davvero organizzando e gestendo. Ma attenzione, questa capacità non basta a distinguere un'azienda onesta da una criminale. Il criterio per giudicare le capacità non può essere l'efficienza, l'obiettivo e basta. C'è anche il modo. E il modo in cui questa gente insegna a organizzare e a gestire è quello di non considerare in alcun modo il fattore umano, a meno che ovviamente non sia funzionale allo scopo. Per cui io in Kirby al massimo imparo che gli altri mi servono fintanto che mi permettono di raggiungere l'obiettivo nei tempi che mi sono prefissata. Se non è cosí, sono fattori produttivi non funzionali e possono essere estromessi dalla catena di produzione, possibilmente senza storie. Via l'uomo, via il problema.

James Kirby, ora pro nobis.

La vita segreta degli acari

Stamattina una signora mi ha rifiutato l'appuntamento per paura.

Ha detto proprio cosí.

«Assolutamente no, vi ho già fatto venire sei mesi fa ed è stato traumatizzante. Il tipo che è venuto mi ha fatto una cosa orribile al materasso, mettendo alla luce tutti i terribili animaletti che ci vivono. Poi mi ha mostrato delle figure (evidentemente Shark usa un supporto visivo per avvalorare il suo terrorismo psicologico sulla povera Marge) dove si vedevano gli animali che dormono con me. E sa una cosa? Non riuscivo piú a dormire! Ho dormito due settimane sul divano perché avevo paura che mi entrassero nei polmoni quei cosini, come mi ha detto lui che mi sarebbe successo...»

Eccetera.

Facendo il punto, Shark arriva e comincia il suo teatrino rivelando a Marge il mondo misterioso che bivacca spassandosela nel suo materasso, mangiando a sbafo le sue cellule morte («mangiano le mie squame!» sbraitava la signora al telefono con me). Non faccio fatica a immaginare quali orizzonti apocalittici vengano paventati alla massaia che assiste atterrita.

«Signora, ma si rende conto con cosa dorme lei ogni notte? Non avverte un senso di soffocamento quando cerca di prendere sonno? Ma lo sa che tutti questi milioni di acari le possono provocare malattie di ogni genere, asma, bronchite, cistite, epatite, tumore e anche sifilide, a causa di questa promiscuità? Defecano di continuo dove lei posa il viso, il suo letto è la loro fogna! Alcuni studiosi ipotizzano persino che l'acaro possa essere veicolatore di Aids, signora mia...»

La casalinga media, completamente stordita dalla rivelazione visibile degli acari morti sul suo materasso, accetta qualunque verità pseudoscientifica pontificata da questo novello Piero Angela. Il tocco di classe è quando il consulente fa annusare alla signora la pezza su cui ha fatto accumulare gli acari morti.

«Senta questo odore, signora. Mi dica... lo riconosce?»

La signora annuisce, turbata, incapace di negare che i tu-sai-chi sappiano inequivocabilmente di tu-sai-cosa.

«È carne morta. Sa di gallina bruciata». Sancisce il consulente, funereo, fissando la signora con sguardo tra il compatimento e il desiderio di riscatto. Sembra dirle: «Poverina, non lo sapevi. Ma io ti salverò».

In realtà la signora non dovrebbe preoccuparsi piú di tanto; un uomo nel letto sporca molto piú di un esercito di acari, provoca malattie anche peggiori (l'Aids non è solo un'ipotesi scientifica), ma è piú rumoroso, piú visibile e spesso dormirci e basta non è sufficiente a placarlo. Per cui alla fine l'acaro sarebbe un male minore, a ben pensarci. Però non esiste ancora un Kirby per la lotta all'uomo, per cui alla fine ti accanisci contro quello su cui puoi avere la meglio, si chiama ottimizzazione dello sforzo.

E l'acaro da quel momento non avrà piú scampo, divorato dalle fauci ruggenti del mostro. Confesso, un po' mi sento solidale con quella bestia invisibile.

Best Telefucker of the month

Ci siamo.

Sono qui da un mese netto e sono già una vincente.

Lo hanno deciso BillGheiz e Hermann, dichiarandolo alla riunione motivazionale di oggi.

La piccola sceneggiata aveva il sapore familiare dei siparietti alla Stursky e Hutch, dove uno faceva il poliziotto buono e l'altro quello cattivo. Hermann-Stursky si è lanciata in una filippica rivolta a tutto il reparto telefonico, perché a suo avviso quelle smorfiose mangiapane a tradimento non si adoperano abbastanza per la ditta.

«A voi non ve ne frega un cazzo della Società, basta che abbiate in tasca i vostri quattro soldi e di prendere un appuntamento in più smettete di preoccuparvi! E poi non c'è alcuna adesione all'offerta di lavorare la domenica!»

Eccole, le tre mortali infrazioni al decalogo aziendale, i peccati che gridano vendetta al cospetto di James Kirby:

– Sbattersene della Kirby. Non devi fare questo lavoro perché ne hai bisogno, ma perché aderisci in prima persona alla motivazione aziendale.

– Non avere ambizione personale. Imperdonabile smettere di essere produttivi quando si sono coperti i propri fabbisogni. Hermann non sembra afferrare la semplice logica che fare un lavoro di merda per sopravvivere ha un senso, oltre i bisogni primari smette invece di avere giustificazione morale.

– Porsi dei limiti. Non lavoriamo abbastanza spontaneamente la domenica. Continuiamo a osare pensare che ci siano giorni in cui è lecito non rompere i coglioni alla casalinga. Questo è considerato segno di poca consapevolezza del ruolo, altrui e proprio. Loro comprano, noi vendiamo. Sempre.

«Ora, dopo avere tentato con le buone, smettiamo i panni della vostra difesa e da questo momento le regole cambiano». E via tutta una serie di restrizioni draconiane che toccano un po' tutti gli ambiti del lavoro, a partire dal numero stabile di appuntamenti richiesti al giorno, disatteso il quale, dopo un periodo di osservazione, le traditrici dell'obiettivo aziendale verranno invitate a disegnare altrove i loro orizzonti limitati.

«E comunque sono molto delusa, perché sapevate che era in gioco il mio posto di lavoro. E se BillGheiz non fosse la grande persona che è io adesso sarei senza impiego. Per colpa vostra!»

E lo sapevo io che si sarebbe arrivati alla resa dei conti sulla questione «obiettivo non raggiunto = Hermann licenziata».

BillGheiz ha un rigurgito di dignità e scopre le carte, casomai qualcuno ancora non avesse fiutato il bluff: «Noi si fa di tutto per motivarvi a lavorare, anche questi trucchetti da asilo che non dovrebbero essere necessari. Ovviamente non licenzio una persona che fa il suo lavoro per colpa di chi invece non lo fa».

Insomma, avete tentato di prenderci per il culo. E vabbe', non è che l'avessimo capito adesso. Ma il punto è: com'è possibile credere che sia motivante per la mia produttività il fatto che la mia scassacazzissima capotelefonista perda il posto se io non arrivo al risultato? Se avevo in mente di spaccare ogni record, quel mese incrocio le braccia apposta!

Prima spingono la gente a mangiarsi pezzo per pezzo la poltrona altrui per avanzare anche di poco nella gerarchia e poi una dovrebbe sacrificarsi per permettere a un altro di tenere sotto il culo la poltrona piú ambita? Hanno studiato psicologia su *Focus* e marketing su *Millionaire*.

Qualche telefonista azzarda una minima autogiustificazione. Subito troncata sul nascere. «Se è vero quello che dici, perché Camilla fa appuntamenti? Eh? Perché prende appuntamenti con il buono omaggio, che è piú difficile?» Hermann annuisce, serissima, mentre BillGheiz-Hutch mi usa come oggetto contundente sull'ego altrui.

Adesso capisco anche il secondo fine della mia esaltazione. Non semplicemente far sentire le altre delle nullità parassitarie, pari all'acaro per la casalinga. Hermann mi sta usando anche per pararsi il culo. Se una – solo una – raggiunge l'obiettivo, allora la colpa è delle altre che non lo raggiungono.

Se nessuna fa risultati, invece, la colpa è sua.

La lode a me ha il doppio scopo di umiliare le altre e corazzare Hermann nelle inevitabili diatribe nascoste che ci sono al vertice, perché ovviamente questa riunione è gemmazione esatta di un'altra in cui lei è stata rivoltata come un guanto per i pochi risultati del reparto di cui è convinta gerarca. E il tono da Darth Vader con cui ci minaccia è anche a beneficio di BillGheiz. «Ammira come mi adopero per il raggiungimento dell'aziendal meta!»

Per tre volte il mio nome è servito in questa conversazione per prendere i due piccioni.

Immagino non serva dire che per le mie colleghe, alle quali già stavo sui maroni con dovizia, sono diventata amabile quanto una supposta di marmo.

Anche le telefoniste piangono

La cosa veramente sconcertante della riunione-processo di ieri era che le ragazze piangevano.

Questi fiori d'acciaio, non-telefoniste-ma-consulenti-pubblicitari, pettoruti panzer che affrontano mariti sospettosi e rudi casalinghe senza mai un cedimento, piangevano e facevano il mea culpa con una facilità che aveva qualcosa di schizofrenico. Erano tutte pentite, al termine della Norimberga settimanale che le vedeva accusate di crimini contro la kirbità.

Dopo le scudisciate, SadoHermann le ha poi blandite, suadente come un rotolo di carta vetrata.

«Ragazze, questo è un lavoro che va fatto con il cuore. Se non avete cuore, fate un altro lavoro, di quelli che si possono fare con i piedi, con le mani... ma non questo».

Deh, qui ci vuole il disegnino come nelle icone di MSN, come nei diari delle adolescenti. Perché stiamo raschiando il fondo delle tecniche retoriche di manipolazione.

Con il ♥

Se non prendi appuntamenti, sei senza ♥ e puoi anche andare a fare un altro lavoro, magari l'infermiera, che va fatto solo con le mani.

La telefottitrice no, per quello ci vuole anima, perché la stai mettendo in vendita. Quanto ci vuole per far credere alla casalinga che anche tu hai due figli come lei, a cui devi dar da mangiare proprio con i soldi che ti pagheranno per il suo appuntamento? Che se ha perso il marito anche tu sei vedova e sai come soffre, ma un'oretta per noi la può sempre trovare cosí la tiriamo su? Ci vuole un casino di ♥ per far credere alla signora che a sua cognata la dimostrazione è piaciuta talmente tanto che un altro po' e ci chiedeva di cresimarle il primogenito.

Hermann ha nozioni anatomiche disastrate; confonde il cuore con il fegato.

Poi BillGheiz, ligio al suo ruolo hutchinsoniano di ammortizzatore delle frustate di Hermann, ha posto la solita domanda periodica, il magico «perché fate questo lavoro». Se uno ti chiede che misura porti di seno in una sedicente riunione di lavoro, lo denunci per molestie nel migliore dei casi. Invece queste ragazze permettono tranquillamente al re degli squali di domandare loro la misura delle loro aspirazioni, come fosse normale.

So già che a me non verrà chiesto. Al momento usare

i miei motivi contro di me non gli occorre. Basterà una settimana sbagliata e me la sentirò porre, questa esosa richiesta intima. Ma per ora, qualunque sia la corda che mi fa vibrare, a lui va benissimo non saperla.

Le altre non hanno questa fortuna.

Le ascolta una a una. Ogni battito di ciglia è un *drin* al registratore di cassa che ha in testa, mentre una dopo l'altra gli gettano i propri sogni sul tavolo, con un'ingenuità che mi fa venire voglia di urlare, di dire loro di smetterla di essere cosí oscene, cosí nude dentro, cosí puttane.

Non capisco. A loro, come a me, è stato insegnato che quando la casalinga fa resistenza, il modo migliore per farle dire di sí è sapere prima, con precisione, che cosa la spinge a dire no. Ma non per rispettarlo. Per demolirlo. La corazza altrui che diventa la nostra arma.

Ed è esattamente quello che lui sta facendo, catalogando i loro desideri per usarli come carburante per i loro risultati. Le tasse scolastiche dei figli, le rate dell'utilitaria, il sogno del viaggio di nozze mai fatto.

BillGheiz vuole che ognuna di loro, davanti alla vetrina dove ci sono gli stivali che desidera, non pensi «costano cento euro».

Vuole che pensi «costano venti appuntamenti».

È la nuova unità di misura del sogno altrui. Dei sogni piccoli, si intende. Lui misurerà le cose in numero di Kirby-venduti, ha grandi sogni, il self-made man. Chissà quanti Kirby costa il suo Cayenne. La filosofia del prezzo io la chiamo puttanesimo. È uno stile di vita, non un mestiere che si fa per strada. Il testimonial del puttanesimo il mio sogno non lo saprà mai.

Di tutto il mondo che ho dentro, non c'è una sola porzione che possa essere quantificata in appuntamenti.

Che piangano pure le altre, piangano pure di fegato.

Ops, volevo dire di cuore.

Il silenzio degli incoscienti

Nanni Moretti guardava D'Alema in tv supplicandolo di dire qualcosa che fosse piú di sinistra.

Io guardo nell'acquario Kirby sperando che qualcuno dica qualcosa di meno sinistro.

Perché alla fine ha ragione Stephen King, l'orrore è nel quotidiano, non è nel mostro che viene dallo spazio, è nella tazzina di caffè che non hai bevuto perché ha squillato il telefono.

Ma se invece l'avessi bevuta? Vabbe', non pensiamo male, che poi si fa il peccato di averci anche azzeccato.

A proposito di orrori quotidiani, qualche giorno fa Laverne, l'addestratrice di telefuckers, mi ha dato prova di come i trucchetti psicologici di BillGheiz e Hermann funzionino, su menti adeguatamente piccole.

Avevo accennato che – mentre il Dominatore degli Aspirapolveri licenziava JessicaRizzo nel suo ufficio davanti alle altre due – io sono stata lasciata sola con le due neofite della telecircuizione, Candida e Ingenua. «Camilla, le due ragazze nuove per ora stanno con te e fai loro vedere il buono omaggio».

Io mi sono guardata intorno, visto che a parte le due novelline c'ero in effetti solo io, con chi altro Hermann voleva che stessero? È come arrivare quarta su quattro concorrenti.

Oh, ma io le capisco sempre dopo queste astuzie del Kirby-pensiero. Lo scopo era mettere peperoncino sotto il culo di Laverne, farle intendere con quella mossa che se non si muove ci mettono zero secondi netti a dare il suo posto a un'altra piú abile o presunta tale. E il richiamo della foresta ha avuto l'effetto desiderato, su questa vecchia iena della jungla Kirby.

Candida – al telefono con il suo pesce all'amo – osa farmi una domanda timidissima.

«Camy, domani posso prendere un appuntamento per le 10.30 a Forca Caudina?» Io, stupidamente e semplicemente, guardo il planning e poi rispondo: «Sí, certo, li sto prendendo anche io».

Apparentemente nessun danno devastante. Dopo circa sei minuti di finte telefonate nei loculi circostanti sento le rotelle dello scranno di Laverne che si agitano in modo inconsueto.

La iena si è girata verso me e Candida. Ma non è a me che si rivolge, troppo bene conosce l'arte di intortare la massaia per provarci anche con me. Con chiunque, suppongo.

«Candida, comunque se ti viene un dubbio puoi chiederlo a me, sono io la responsabile dell'istruzione delle nuove telefoniste, ok?» sorride, splendente come le stelle che si vedono dopo un pugno in pancia.

E Candida che deve dire, se non sissignorsí signora? Io taccio. La meccanica di dire le cose alla nuora perché le capisca la suocera la conosco anche io.

«Adesso comunque richiami la signora e annulli l'appuntamento, perché venerdí non prendiamo appuntamenti di mattina». Sorride di nuovo.

Io provo l'impulso di dire che l'appuntamento è a Forca Caudina, dove siamo in trasferta per qualche giorno, quindi anche di mattina, contrariamente alle norme che regolano i giorni di appuntamento normali. Un po' come Giacomo quando Aldo e Giovanni dicono una cosa non vera e lui si precipita a correggere. Però mi freno in tempo. Lascio che Candida obbedisca e annulli l'unico appuntamento buono che ha preso oggi, senza un gesto.

Dopo parlo.

«Laverne, scusami è colpa mia. Sono io che le ho detto di prenderlo per la mattina perché lo ha fissato a Forca Caudina» sorrido, debitamente contrita (traduzione: «È colpa mia se la ragazza ha preso un appuntamento buono nel posto dove doveva prenderlo, meno male che ci sei tu che gliel'hai fatto annullare, cosa faremmo tutte noi senza il tuo occhio vigile»). Se lo sguardo potesse uccidere, sarei arsa viva sulla mia postazione come un fiammifero svedese. Ma sorride anche lei, qui si fa cosí.

«Oh... be'... non importa, la settimana prossima magari la richiama. L'importante è che sappia dove rivolgersi se ha un dubbio» (traduzione: «Dell'appuntamento non me ne frega un cazzo, l'importante è che tu sappia qual è il tuo ruolo qui. Ben distinto dal mio»).

Hermann segue la scena con occhio apparentemente distratto, lo so io e lo sa Laverne.

Alla fine a Hermann non importa chi dice cosa a chi. Conta che un appuntamento è stato sacrificato sull'altare dell'orgoglio di Laverne. Di questo non si dimenticherà di certo. Però sorride sagace, guardando lo schermo del suo pc dove sta probabilmente giocando a Spider, contenta che i suoi trucchetti di psicostimolazione funzionino. Quello che Laverne non farà per amore di se stessa lo farà per paura di me.

A me verrebbe voglia di dire «brava» a Hermann. Quando qualcuno nel suo essere viscido riesce a dimostrare quel minimo di creatività che lo eleva dal suo stato di verme normale per sfiorare i cieli della sua pozzanghera, provo l'impulso perverso di applaudirlo.

Lei è cosí: nel suo puttanesimo è un genio. Ma il verme non diventa farfalla, per quanto sbuchi fuori dalla melma. Quasi quasi vorrei avere l'inconsapevolezza di Laverne per lasciarmi manipolare senza comprendere. Invece mi tocca il ruolo di testimone, che poi nei film fa sempre una fine ingloriosa.

Tutto questo comunque è dannatamente trash. Nel senso di spazzatura.

Desperate housewives

Dal libro delle esperienze di Hermann: *I miei primi 40 appuntamenti e le stronzate delle casalinghe che non volevano darmeli.*

Prese per stanchezza.

«Signorina Rompicazzis, ma mi avete chiamato dieci volte in dieci giorni, com'è possibile che chiamiate sempre me? Ne ho le palle piene della vostra pulizia gratuita!»

«Guardi, signora Esasperini, evidentemente lei ha molte amiche che fanno sempre il suo nome, noi siamo tante e una non può sapere chi sta chiamando l'altra. Faccia cosí, ci dia il consenso a farle la pulizia gratuita almeno una volta, cosí è sicura che non la richiamiamo piú. Preferisce sabato sera alle 22 o domenica mattina alle 6.20?»

«Se è per farvi smettere, accetto».

Prese per il culo.

«Signorina Importunis, ma è domenica e sto pranzando! Voi telefonate anche di notte, non avete mai tregua?»

«Signora Ingenuis, noi siamo cosí innamorate del nostro lavoro che veniamo a farlo anche di domenica spontaneamente, perché non possiamo tollerare che qualche persona sventurata si perda l'opportunità di poter vedere il nostro straordinario macchinario americano solo perché lavora tutti gli altri giorni della settimana e non c'è mai possibilità di trovarla a casa. Che ne dice, signora mia, stasera alle 21 a casa sua? Lei cosí dà un senso alla mia domenica, sa? È come una buona azione quotidiana».

«Be'... in effetti di domenica è l'unico giorno in cui sono libera. Facciamo di sí, se però ve ne andate in un'ora massimo d'accordo?»

Prese per disperazione.

«Signorina Invadenti, mio marito non tollera queste dimostrazioni perché una volta vennero quelli del Folletto e stettero tre ore rivoltando la camera da letto come un guanto e facevano un rumore terribile. Da quel giorno non viene piú nessuno a casa nostra!»

«Signora Traumatizzatis, facciamo cosí, le manderò una consulente simpaticissima che saprà conquistare anche l'attenzione di suo marito con le funzioni del macchinario che possono interessare un uomo, come il compressore, o il vernicia-svernicia. Vedrà, suo marito la ringrazierà. E non durerà piú di un'orettamassimo, un'orettaemezza».

Prese per sfida.

«Signorina Perculanti, guardi che comunque io non acquisto nulla!»

«Signora Illusionis, non deve assolutamente acquistare nulla, il suo parere per noi è già importantissimo, perché siamo pagati solo per raccogliere giudizi. Però le dico una cosa: se dopo la dimostrazione vengo a sapere che lei ha poi acquistato qualcosa, le prometto che la richiamo per chiedergliene conto!», risata divertita.

«E vabbe', scommettiamo di no! Venite, dài!»

Prese per sceme.

«Ho due bambini piccoli, non posso distrarmi per un'ora, chi li tiene i miei diavoletti?»

«Signora Chioccias, lei non sa cosa mi sta dicendo! I bambini vanno matti per il Kirby, con tutte le lucine e gli accessori è per loro una cosa curiosa e molto accattivante! Non vorranno piú che il consulente lo spenga, vedrà! Veniamo tra un quarto d'ora e si risparmia anche di portarli alla ludoteca, le assicuro».

«Dice?» speranzosa.

«Mi dirà poi se non era vero, signora mia!»

Sono alcune chicche dalla riunione motivazionale con simulazione di due venerdí fa.

Hermann da telefonista prendeva quindici appuntamenti al giorno in quattro ore di lavoro, praticamente uno ogni quattro telefonate.

Un kamikaze del fucking-by-phone.

Le altre telefoniste la guardano come si guarda la statua della libertà, simbolo di ogni liberazione da scrupoli e pudore di sorta, denudata da quella dignità fuori luogo che ti impedisce soverchiamente di prendere l'appuntamento. Lei invece ci guarda con l'occhio materno di una coccodrilla (che come è noto si mangia la prole), saggiamente spietata, archetipo del femminismo d'assalto: «Le obiezioni della casalinga non sono veri rifiuti, al contrario manifestano un interesse latente. La signora vi sta dicendo in realtà: "Dammi un motivo che possa giustificare davanti agli altri il perché vi sto facendo entrare in casa, altrimenti mi prenderanno per scema". E voi dovete capire quale può essere la motivazione-grimaldello di quella particolare situazione! Non siete telefoniste, ragazze mie:

siete psicologhe!», sbatte la mano sul leggio, con mimica consapevolezza.

Lampante, almeno per me, è che questo discorsetto ha esattamente la stessa genesi delle repliche-gioiello che Hermann dava alle massaie ignare. Consulenti pubbli-psicologiche. Pubblicitarie psico-consulenti. Psicologhe pubbli-consulenziali.

Hermann e la metasemantica. Fosco Maraini era un analfabeta al suo confronto. Hermann e le nuove figure professionali.

Marco Biagi è morto, ma il suo spirito vive.

Pecunia non olet

Alla riunione motivazionale-processuale di venerdí scorso BillGheiz ha detto una cosa che merita una riflessione a parte.

«Se non volete farlo per la mia azienda, fatelo almeno per voi stesse! Se vi chiedono che lavoro fate nella vita, potete rispondere: “Faccio la telefonista, però ogni tanto mi faccio anche un viaggio”. Ragazze mie, ma quante sono le aziende che vi regalano un viaggio a niujork o a marbeja in un albergo a sei stelle solo perché fate il vostro dovere? Credetemi, nessuna! Queste sono le cose importanti della vita, quelle che sarete orgogliose di raccontare ai vostri figli! Fatelo almeno per amor proprio!»

E qui mi vedo matriarca vicino al camino, con la mia discendenza raccolta attorno che mi ascolta incantata mentre racconto dei bei tempi, quando feci un viaggio da sogno di quattro giorni, sola con la mia kapò telefonista in un posto dove non sarei mai andata di mia sponte, circondata da un centinaio di fortunati best-Kirby-pusher da tutto il mondo. Meraviglioso ricordo quello del party intorno alla piscina dove costoro elegantissimi si scambiano generosi consigli per restare sulla cresta dei diagrammi di vendita, sullo sfondo musicale di *We Are the Champions My Friends*, mentre io in abito da sera comprato usato su eBay mi domando come cacchio sono finita in mezzo a questa massa di sfigati dall'incerta vita sessuale. E mentre sputo il seme dell'oliva dentro il martini, come minimo fuori piove che Dio la manda. Che tempi, ragazzi miei... Queste sono le cose importanti della vita, cribbio. E meno male che ci sono aziende che ci offrono queste opportunità, altrimenti che cosa racconteremo mai alla nostra progenie davanti al camino.

Però il vero tocco di classe è il senso profondo del dialogo simulato «faccio la telefonista, però ogni tanto mi faccio anche un viaggio».

Deh, si parla tanto di comunicazione subliminale, di messaggi indiretti... poi arriva questo autogoal.

Non so come l'avranno letta le altre, ma io l'ho tradotta cosí: «Ragazze care, fate un lavoro talmente di merda che almeno cercate di dargli una giustificazione con un valore aggiunto di altra natura, altrimenti dovrete vergognarvi di ammettere cosa fate: le telefoniste».

Con una magistrale gaffe il self-made Shark dice addio a tutti i tentativi di Hermann di farci credere che siamo delle psicopubbliconsulenti.

Ed ecco che entra in gioco Marbella, il luogo della nostra redenzione professionale, il posto dove tutte le minchiate che diciamo alle casalinghe trovano il loro perché. Un po' come se una puttana dicesse: «Sí, vabbe', batto. Ma però ci ho la Mercedes. C'è di che sentirsi orgoglioni».

Perché nessuno chiede mai a me se lo trovo motivante?

Scaltrissimi. Ma tanto prima o poi glielo dirò.

Delirio motivazionale

Domani compio il mio primo Kirby-mese. In queste situazioni sarebbe il caso di dire che si devono tirare le somme, solo che io ho il terrore dei conti di fine mese e cosí le tiro tutti i giorni, per prepararmi psicologicamente.

Ho sempre trovato curioso quando qualcuno mi diceva: «Ci serve un periodo di riflessione», facendomi capire che c'è un tempo per pensare e uno per non farlo.

Io, come tutti i pigri, faccio le cose un po' per volta. Poi a pensare tutto assieme mi stancherei.

A proposito di pensieri quotidiani, sono certissima che domani qualcuno in ufficio, appositamente preposto, avrà per me un augurio e un piccolo pensiero per festeggiare i miei primi trenta giorni come un evento degno. Per loro un pochino lo è, perché comunque due terzi delle telefoniste che vengono a fare il colloquio non resistono poi trenta giorni. Sono una sopravvissuta e domani è il mio day after.

Tendono sempre a creare un legame che vada apparentemente oltre il lavoro. Infatti in questo posto non ti è permesso farti i cazzi tuoi. Prima o poi devi condividere con la tua grande nuova famiglia i risvolti della tua vita personale, perché noi qui ti si vuole bene e ci preoccupiamo tutti per te, che tu ti senta a tuo agio e accolta. Ecco perché al colloquio ho subíto tutta una serie di domande personali a cui ho sistematicamente mentito. Se hai marito, figli, famiglia, hobby... hai motivazioni su cui fare leva. Diventi anche ricattabile sul piano emotivo.

Ma – per quanto ne sanno loro – io ho la vita sociale di una disadattata, praticamente non ho nulla di nulla da perdere se perdo questo lavoro.

Alla voce hobby ho scritto: scacchi. Nubile, senza figli né animali domestici, non fumo, non bevo, non faccio volontariato, non amo viaggiare, detesto la musica, non vado al cinema, non ho genitori, sono stata adottata, ma non ricordo da chi. Ho la ricattabilità emotiva di un poggiapentole. Immagino si siano convinti che faccio la telefonista perché non saprei con chi altri parlare. Il telefono, la mia voce. E va bene cosí.

Anche l'arredamento qui è un ricatto emotivo. A partire dai poster motivazionali che costituiscono un vero e proprio assalto all'io, nel momento piú delicato dell'orario lavorativo: la pausa.

È lí che le tue difese sono piú basse, mentre sbucci il mandarino o sgranocchi il Kinder Bueno fumandoti la sigaretta. E l'occhio distratto vaga sulle pareti, adeguatamente sfruttate come vetrine subliminali su un altro mondo possibile, ovviamente migliore del tuo. Credi di non vederli, come credi di non vedere gli spot alla tv mentre fai zapping. La verità però apparirà chiara al supermercato, quando davanti al bancone comprerai proprio quello che pensavi di non aver nemmeno visto.

Faccio un esempio ragionato, con relativa traduzione.

Immagine di una spiaggia con il classico messaggio in bottiglia arenato sulla sabbia, mentre la scritta sancisce che quella rappresenta un'opportunità. «Fai in modo che il tuo sogno incontri le opportunità. Ma ricorda che l'opportunità lasciata passare non è mai persa... verrà trovata da qualcun altro».

Traduzione: datti da fare il piú possibile, ma se per caso non raggiungi lo scopo non cercare di perdonarti e di dirti che la prossima volta andrà meglio. Piuttosto rosica da morire perché un altro ce l'ha fatta e tu no.

Immagine di uno scalatore che risale il monte innevato, scritta in sottofondo: successo. «È piú facile scendere da una montagna che salirci, ma il panorama è migliore visto dalla cima».

Traduzione: se ti sei fatto il culo per salire in cima tieni presente che invece a scendere ci vogliono cinque minuti puliti e che alla fine la vista sarà su un immondezzaio. Cioè uno specchio.

Immagine di un tramonto sulle rovine del Pantheon. Parola magica: qualità. «La vera qualità dura cosí a lungo nel tempo, da farne dimenticare gli alti costi sostenuti».

Traduzione: dillo ai tuoi clienti quando si lamenteranno che il Kirby costa uno sproposito. E sí, sappiamo che anche tu pensi che costi uno sproposito, per questo noi siamo i primi a dirla a te, questa fesseria della qualità.

Immagine di una tigre in primo piano, in bianco e nero, che ti fissa mentre sembra venirti a mangiare. Parola d'ordine: determinazione. «Valutare, decidere, agire».

Traduzione (facile): credere, obbedire, vendere.

Immagine di una squadra di canoa che rema in sincronia. Messaggio sottinteso: lavoro di squadra. «Lo spirito di squadra è l'attività di lavorare insieme attraverso una Visione Comune, è l'abilità di indirizzare dei risultati individuali verso degli Obiettivi Organizzativi, è il carburante che permette a delle persone comuni di raggiungere Risultati Non Comuni».

Traduzione: sei un tipo qualunque, ma messo insieme a gente che corre piú di te possiamo sperare che tu faccia qualcosa di commercialmente significativo anche solo per non fare figure di merda con gli altri.

Questo leggono i consulenti mentre ignari sbevazzano il caffè e sbirciano il décolleté delle telefoniste.

Questo leggono le telefoniste mentre contano i secondi di durata della pausa chiedendosi se la prossima massaia dirà di sí.

Questo leggo io mentre mangio un mandarino, pensando che davvero non c'è limite al puttanesimo.

La casalinga, questa maialona

Molti sono convinti che la casalinga sia un obiettivo sessuale tipico. Un topos erotico maschile riconosciuto.

A parte che io il maschio che trova eccitante la casalinga lo devo ancora conoscere. Però la do per buona, tanto nel mondo dei gusti sessuali c'è posto per tutto e l'anti-tutto. Considerando che Hermann ci ripete ogni giorno che siamo anzitutto psicologhe, azzardo a dire che – visto che la massaia è solitamente un essere ibrido tra Mrs Doubtfire e la signora Coriandoli – l'uomo che trova la casalinga sexy ha in realtà un complesso di Edipo non superato. E con questa performance potrei anche considerare concluso il mio contributo alla scienza, per oggi.

Però, siccome questa cosa mi incuriosisce, ho chiesto. Pare che la casalinga sia sexy perché ha attorno a sé l'aura della donna repressa, assatanata, trascurata dal marito, fondamentalmente insoddisfatta. L'immagine geniale che mi è stata suggerita è quella di una miniera abbandonata dove c'è ancora l'oro.

E questo incompreso Klondike suscita turbe nello zio Paperone che c'è dentro a ogni uomo. La signora scarmigliata che apre la porta al postino in vestaglia di flanella sotto la quale si intravede l'improponibile assume cosí il fascino del mondo segreto da scoprire, dove quel cornuto del marito ha al massimo piantato la bandierina di rivendicazione proprietaria, senza ben conoscerne la geografia. A tutto beneficio dell'idraulico, del tecnico del gas, del corriere dell'SDA, dell'elettricista e di tutti quelli che sognano di trombarsi la vicina di casa sulla lavatrice accesa, quei vecchi modelli Zoppas che quando finivano il ciclo di lavaggio te le ritrovavi tre metri piú in là.

Sono sicura che al vertice delle scelte di marketing qualcuno tiene in considerazione questo fatto, non può essere un caso se il reparto telefonico è composto esclusivamente da donne e quello di vendita diretta quasi totalmente da uomini. Nei call center delle compagnie telefoniche mi capita molto spesso di sentire anche voci maschili, ma è perché il contratto viene concluso per telefono, direttamente. Mi sono fatta l'idea che se il target è una donna, tendenzialmente la vendita sarà conclusa da un maschio, qualunque sia il prodotto da piazzare. Questo viaggio nella banalità dell'immaginario erotico collettivo mi serve per capire qual è la pulsione segreta e inconfessabile che spinge una donna apparentemente sana di mente ad acquistare un Kirby.

Sono giunta alla conclusione che di casalinghe ce ne sono di due tipi: quelle che ci fanno, quelle che ci sono.

Le prime sono quelle che si occupano della casa perché qualcuno deve pur farlo, le donne che nella vita magari avrebbero volentieri fatto altro se gliene fosse stata data l'opportunità. Cucinano, lavano, stirano, spolverano. Ma non si identificano con quello che fanno. A queste donne non sarà possibile in nessun caso vendere il Kirby. Gli basta vedere i suoi 124 accessori smontabili e proboscidati per capire che ci vuole un'ora in piú per montarlo e trascinarlo per casa. Questo tipo di donna – che anche se non compra il Kirby magari si tromberebbe il buon Shark – lo chiameremo convenzionalmente con il suo nome proprio: Maria.

Le seconde invece sono un target molto piú interessante

sul piano Kirby. Sono le «casalinghe dentro», quelle che per qualche mistero emotivo hanno contratto un matrimonio indissolubile con la propria casa, assai piú stabile delle altre nozze. Questa femmina farebbe qualsiasi cosa per la sua dimora, se le si dà un buon motivo per pensare che ne valga la pena. Per pagare le rate del Kirby potrebbe anche rinunciare al cibo, se adeguatamente motivata a crederlo indispensabile. Questa donna la chiameremo convenzionalmente con un titolo relazionale: la Moglie di Mario. Ritengo infatti che questa signora tenda a definire la propria identità in ragione di quella altrui. Potevo anche scrivere: la Madre di Franco. Il concetto non cambia. Inevitabile pensare alle donne della mia famiglia, che certamente rientrano in questa categoria. Non a caso, prima di mostrare loro il mostro, la Kirby dovrà passare sul mio cadavere.

Vale la pena rifletterci ancora, tanto per ricordarmi che nel momento esatto in cui smetto di telefonare a casa della massaia, anche io divento un possibile target.

Il single transitorio

Mi si fa notare che oltre alla classica donna di casa, Maria o Moglie di Mario, ci sono altre categorie di persone che si occupano della dimora e che possono per la Kirby costituire un target. Queste categorie sono: il single che non ha mai convissuto con una compagna, il single che una volta aveva una compagna e ora non piú, la figlia che accudisce una madre o un padre anziano, il prete di una parrocchia.

Questi sono i cosiddetti target di nicchia, poco numerosi ma dannatamente preziosi, anche se non sempre per vendere semplicemente il Kirby.

Sono invece considerate fuori target le persone con piú di sessantacinque anni, non importa il sesso. Il motivo è che in caso di acquisto non otterrebbero mai il nulla osta della finanziaria alla dilazione in rate. A capire con chi si ha a che fare è sempre la telefonista, che ha il compito del cecchino: inquadrare l'obiettivo. Il proiettile è Shark in giacca e cravatta con il Kirby acceso in mano, ma questo il signor Single ancora non lo sa.

Il single che non ha mai convissuto con una compagna è solitamente un autodidatta dell'igiene domestica ed è mediamente giovane. Costui non comprerà mai il Kirby. L'uomo in questione può spendere tremila euro per comprarsi uno schermo al plasma senza fiatare, ma non spenderà in nessun caso la stessa somma per comprare un arnese che usa una volta alla settimana per dieci minuti, controvoglia e bestemmiando. Perché mai fare un investimento economico a lungo termine laddove a breve termine è sperabile che ci sia una donna a fare piú spontaneamente gli stessi lavori, gratis? Il Kirby e la donna sono intercambiabili in rapporto alle pulizie domestiche e la donna ha il vantaggio che non fa tutto quel rumore. Prendere appuntamento con questo scapolone pro tempore è vantaggioso solo perché frutta delle interessanti referenze, solitamente colleghi di lavoro sposati o persone sulle quali, a seconda del mestiere che fa, il suo nome può avere una qualche valenza persuasiva. Per esempio un single medico che ti dà i nomi dei pazienti vale oro.

La tattica della telefonata in questo caso è semplice. «Buongiorno, sono Camilla della Kirby di Paperopoli, posso parlare con la signora Futuribilis?»

<pausa imbarazzata>

«Non c'è. Sono solo» (qui è terreno minato, fare domande dirette può portare a risposte devastanti, come «mia moglie è morta» o «è scappata con un altro» o anche «non sono cazzi suoi». Si sta sul generico).

«Capisco. Posso chiamare piú tardi, la trovo?»

«No, perché non sono sposato. Le hanno dato il numero sbagliato, probabilmente».

E si capisce che in realtà la cosa gli dispiace già.

È il momento dell'attacco.

«No, guardi, allora mi hanno dato il numero giusto. Le posso dire di cosa si tratta, cosí ci capiamo». Queste frasi senza senso sono bellissime, chiudono i discorsi con la stessa lapidaria banalità dei testi delle Vibrazioni. Che replica può esserci a un insensato «cosí ci capiamo»?

«Certo... dica pure».

Una donna mi avrebbe già sfanculato, è evidente che

non so chi sto cercando e che lui mi si è appena servito su un piatto d'argento. La maggior parte dei maschi quando sente la voce di una donna al telefono dice tendenzialmente sí a tutto.

«È lei che si occupa della cura e dell'igiene della casa, signor Pollastri?»

«Esatto, sono io».

«Oh, ma che cosa bella, un uomo che sa cavarsela tra le mura domestiche è prezioso quanto raro <*sorriso – quasi sempre lui ride a sua volta e spesso commenta a sua volta. Quando finisce il teatrino occorre incalzare*>. Io la sto chiamando perché il suo nominativo è stato selezionato dai nostri database per ricevere una pulizia gratuita di un suo elemento d'arredo, un divano, un tappeto o un materasso. Immagino siano cose che non ha l'occasione di igienizzare spesso, non è vero? Un uomo che lavora...» Lasciare la frase aperta. C'è la possibilità di scoprire l'occupazione della persona.

«Allora guardi, capitiamo proprio a fagiolo, come si suol dire. Veniamo a casa sua domani e le diamo una bella pulita al divano. In cambio lei deve solo darci un suo giudizio perché noi ragazze siamo pagate solo per raccogliere i pareri delle persone che vedono il macchinario. Che dice, signor Pollastri, facciamo alle 18 o alle 21? Piú tardi no, perché altrimenti ci fermiamo anche a cena». <*ridere*>

Di solito in questa telefonata il soggetto dall'altro capo del filo parla quattro volte e tutte le volte apre la bocca per dire sí e per ridere. Convinto di aver praticamente appuntamento con Giorgia Palmas, si ritroverà l'indomani in casa l'agguerritissimo Shark pronto a prendere in ostaggio tutto il suo arredo finché lui non caccerà almeno dieci nomi buoni per proseguire la catena di sant'Antonio. La prostituzione è un mestiere dai molti ambiti.

Il post-single

Il single che è tale dopo una convivenza o un matrimonio, salvo i rarissimi casi in cui è vedovo, è una categoria che subisce un approccio diverso.

Intanto è quasi sicuramente meno giovane del single al suo primo tentativo di indipendenza.

Non è un autodidatta dell'igiene, è anzi uno che per molto tempo ha condiviso in qualche misura il lavoro domestico con la sua compagna.

Non ci sono approcci ammiccanti in questo caso. Mi piacerebbe dire che è per rispetto, ma la verità è che non funzionano. Quest'uomo ha nei confronti delle donne un atteggiamento molto piú guardingo dell'altro tipo di single. Fondamentale è quindi distinguerli. Di solito è lui stesso a rivelarlo, in modo piú o meno chiaro.

«Buongiorno, sono Camilla della Kirby di Paperopoli. Posso parlare con la signora Ipotetis?»

«La signora Ipotetis chi?» (vuole accertarsi che io non abbia semplicemente sbagliato numero, e allo stesso tempo però mi sta rivelando che esiste la possibilità che ce ne siano piú di una, o nessuna).

«La padrona di casa».

«Ha sbagliato numero, signorina. La signora Ipotetis non vive piú qui».

Questa è la frase tipo. Ma qualcuno è piú esplicito, dice

«mia moglie non vive piú qui». Ho avuto da certi ex mariti persino i numeri di telefono delle nuove abitazioni delle ex mogli. Però tendenzialmente a questo punto la persona che era neutra quando ha risposto, adesso è ostile, tesa, crede che quello che sto per dirgli abbia a che fare con l'argomento tabú: la sua compagna. Moltissime telefoniste a questo punto chiudono la chiamata, semplicemente.

«Capisco... <*breve pausa, come di imbarazzata incertezza*> guardi, allora forse è meglio che dica a lei, perché in effetti io ho il suo numero qui davanti, non vedo perché non dovrei dirlo a lei...» <*vaghissima, è lui che deve praticamente estorcermi il perché della mia chiamata*>

«Dica pure, allora. Per cosa chiamava?»

«La chiamo perché stiamo facendo una campagna promozionale nel suo quartiere/paese, per far conoscere un nuovissimo macchinario americano multifunzione. La nostra azienda ci retribuisce per raccogliere giudizi sull'efficienza delle sue funzioni in ambito domestico. Per questo l'abbiamo selezionata per offrirle un buono omaggio per una pulizia gratuita di un suo elemento d'arredo, cosí lei vede come funziona, ci dà un giudizio e in cambio le igieniziamo il suo divano, cosí ci dà l'opportunità di lavorare. Gradisce darci questa opportunità, signor Singles, domani o dopodomani?»

Il tono deve essere compitissimo, quasi schivo, dar l'impressione di chiedere un favore, quasi vergognandosene un po'. Notare come il buono omaggio sia passato in seconda battuta rispetto alla campagna promozionale, al sondaggio. Il maschio non è sensibile agli omaggi e agli sconti, pensa sempre che ci sia una controparte che vale tre volte tanto. Tanto vale dirgliela subito.

Il single in quel momento è tendenzialmente sollevato dall'aver realizzato che la telefonata è innocua. Deh, vogliamo solo appioppargli una dimostrazione, non c'entra niente la moglie. Sembra quasi di sentirlo, quel pensiero piú rilassato. È molto piú ben disposto, ma non per questo concederà l'appuntamento.

«Di cosa si tratta esattamente? Non voglio farvi perdere tempo...»

«Non perdiamo assolutamente tempo, siamo pagati apposta, per mostrarglielo e per informarla delle sue funzioni... che sono settanta... bla bla. Come vede non c'è nulla di impegnativo, le porteremo via un'orettamassimo un'orettaemezza e in cambio lei ci avrebbe fatto una grandissima cortesia. Che dice, domani o dopodomani?»

Tendenzialmente la risposta a questo punto è sí. Ma ricordandomi sempre che quest'uomo mi sta facendo un favore personale, non è un appuntamento qualunque. Significa che al minimo imprevisto questo appuntamento salterà e non verrà pagato alla telefonista.

Dopo aver fissato l'appuntamento la telefonista può cercare di capire se l'uomo ha qualcuno che gli bada alla casa e che mestiere fa. Ma senza prolungare la chiamata, altrimenti l'impegno rischia di essere ritrattato nell'arco della medesima telefonata. Tendenzialmente quest'uomo può sia comprare che dare molti nomi interessanti, se la Kirby riesce ad agganciarlo.

Però in questo giochetto psicologico io – lo confesso – sono di quelle che chiude la chiamata appena realizza con chi ha esattamente a che fare.

Non credo che un uomo che ha già le sue rogne personali abbia bisogno che io gliele aggravi proditoriamente con il Kirby, fosse anche solo per un'ora e mezza. È uno dei pochi casi in cui preferisco il rimpianto al rimorso.

Libera nos a Kirby

Ci è consentito prendere appuntamenti anche in altri due casi, che non siano con casalinghe.

La figlia che si occupa dei genitori anziani, per cui è solitamente una signorina di una trentina d'anni che dispone di autonomia economica o di libertà gestionale sul denaro di una presumibile pensione e/o accompagnamento del genitore. In tal caso, oltre a fornire referenze, la signorina può essere un target di vendita nella misura in cui recepisce il Kirby come un alleviamento alle sue fatiche domestiche. Ma ci vuole davvero un consulente molto bravo per far credere a una donna intelligente che quell'aggeggio con 64 arnesi componibili sia una cosa che fa risparmiare tempo.

Altro target ambitissimo è il prete. Il prete non compra mai il Kirby. Ma dà un casino di nomi. E vorrei che provaste a sentire quanto in fretta ti dice di sí la casalinga parrocchiana quando sente che il suo nome te lo ha dato Don Perignon. È l'unico caso in cui non mi viene mai fatta alcuna obiezione e quell'appuntamento non salta mai. Con il prete la telefonata è brevissima ed efficace. Buono omaggio e sondaggio sono molto relativi, l'argomento principe è «ci aiuta a lavorare». Il prete può essere anche un grandissimo bastardo e fregarsene altamente del lavoro giovanile. Ma comunque non ci tiene a dimostrarlo apertamente, per cui un buco di un'ora tra una messa e l'altra lo trova comunque, tanto per chiudere la questione. Di solito il consulente si ritrova a igienizzare sacrestie o ambienti dove già massaie intransigenti si adoperano nel tempo libero per rendere asettica la casa del Signore. Per cui anche la dimostrazione ha valore relativo, l'importante è farsi cacciare tanti, tanti nomi. Nel Nome del Kirby.

Mi referenzio da me

Ho concluso la carrellata di target di nicchia, prendendo come modello di telefonata sempre il fantomatico buono omaggio, dato che è quello che faccio io, amichevolmente detto «cavallo di Troia» perché si entra tra le mura nemiche travestiti da qualcosa d'altro.

Il buono omaggio è considerato in Kirby la telefonata piú difficile, perché il contatto è «a freddo», la persona non ti ha mai sentito nominare e non hai il grimaldello psicologico della referenza di un bastardo di conoscente che ti ha dato il numero della signora. La telefonista alle prime armi deve anzitutto prendere confidenza con questa teletrappola, «selezionando» i nominativi fortunati dall'elenco telefonico, partendo dalla A fino alla Z. Alla Kirby sono democratici, possono vincere tutti.

«Caspita, signora, ma lo sa che lei è stata selezionata tra cento famiglie della sua provincia?»

Perché nessuna si chiede mai come sia possibile selezionare qualcuno su un numero fisso come cento, visto che nella mia provincia le famiglie saranno almeno duecentomila? Prima ne selezionano cento e poi tra queste selezionano me? Che culo. Poi ovviamente la signora presto o tardi scoprirà che la telefonata l'ha ricevuta anche la sua vicina di casa, quando si dice la fortuna…

Quando la telefonista ha raggiunto un grado di confidenza adeguato con il buono omaggio, dimostrando di avere una certa vocazione alla teleturlupinazione, viene promossa alla sezione referenziati, dove si suppone che farà risultati migliori, avendo tra le sue armi l'impatto psicologico del terzo nome che fa da apripista tra sé e l'ignara casalinga. Io però di fare il referenziato mi vergogno come una biscia. Non riesco a dire a una signora che la sua collega è stata cosí stronza da dare il suo numero di cellulare a un venditore di oggetti aspiranti. Mi vengon fuori frasi come «ci ha dato il suo nome in buona fede», il che sottintende che c'è qualcosa di losco, ma quella cerebrolesa impicciona della sua amica non lo ha capito e ci ha dato il suo nome per questo.

Non riesco a prendere appuntamenti con il referenziato perché la verità è che io non darei mai appuntamento a chi mi chiama per motivi commerciali spendendo il nome di un altro. Chiudo la telefonata e poi cancello dalla rubrica il nome dell'invadente referente. Ho sempre lo scrupolo che quelle due persone per colpa mia interromperanno i rapporti.

Tra l'altro è il testo della telefonata dove si infilano piú menzogne. «Se ci fosse stato qualcosa da acquistare la signora Infami non ci avrebbe mai dato il suo numero, non crede?» Ovviamente è una cazzata, perché la signora Infami che ha ospitato la dimostrazione sa benissimo che lo scopo finale è la vendita, anche se poi lei non ha comprato. L'esordio poi è sempre ambiguo. «Mi manda sua sorella, Lorella Ficcanasi». Sembra quasi che la sorella abbia cercato sulle pagine bianche il nome della Kirby giustappunto per indirizzarla a casa dell'altra figlia di sua mamma. Lo scopo è indurre la casalinga ad avere l'impressione, se dice di no alla telefonista, di fare uno sgarbo personale a sua sorella.

Io ho fatto referenziati per due giorni, senza riuscire

a prendere un solo appuntamento a causa delle mie resistenze mentali in proposito. La coscienza è un impiccio, in questi casi. Alla fine ho chiesto a Hermann la possibilità di fare solo buoni omaggio, cosa che mi è stata concessa, tra l'incredulità delle mie colleghe. Infatti io faccio piú appuntamenti di loro, pur facendo una telefonata a minore probabilità di efficacia.

Però poi gli appuntamenti presi non sono tutti uguali, nemmeno con il buono omaggio. Alcuni hanno una probabilità piú alta di saltare per ripensamento. Io li ho suddivisi cosí:

– L'apputtanamento: l'appuntamento preso con un uomo single o con un marito dominante, con tattiche di struscío telefonico.

– L'apperculamento: l'appuntamento preso convincendo la signora che ha veramente vinto una pulizia gratuita.

– L'appietosamento: l'appuntamento preso utilizzando come motivazione di forza l'argomento del lavoro giovanile.

– L'appersfinimento: l'appuntamento preso dopo un paio di richiami nei quali la signora ti ha sempre rimandato a un poi.

– L'apperònoncompro: l'appuntamento dove solitamente verrà conclusa una vendita del Kirby, perché la signora ha capito esattamente a cosa sta dicendo di sí, ospitandoci in casa. Significa che è interessata, ma deve mettere le mani avanti a causa di pressioni di altro tipo (leggi: marito).

Ci sono poi altri motivi per cui una persona ti dà un appuntamento, per esempio se hai trovato uno che soffre di allergia da acari e cercava proprio uno strumento mirato a quel tipo di igienizzazione. Ma diciamocelo, sono un caso su mille chiamate. Il resto è fuffa, gente a cui il Kirby non serve piú del Folletto, ma questo non sarà un motivo che impedirà loro di acquistarlo comunque.

Maria e la Moglie di Mario

Tornando al target maggioritario della Kirby, rifocalizzo la casalinga nelle sue due tipologie inquadrabili a scopo di mercato: Maria e la Moglie di Mario.

Maria di solito è piú giovane della Moglie di Mario e ha un'istruzione medio-alta. Questo si può capire già dalle prime due risposte della telefonata.

È pazzesco quante cose la gente ti fa sapere di sé in modo del tutto inconsapevole. Giuro che quando mi chiamano io sto molto piú attenta di queste incaute reginette della casalinghità.

«Pronto, sono Camilla della Kirby, lei è la signora Maria?»

«Sí, sono io».

«Non ci conosciamo personalmente, signora Maria, io e lei…» *<Sorridere e lasciare qualche secondo di tempo per un eventuale commento che serve a sentire di nuovo la voce>*

Se la signora si intuisce vecchia, a questo punto scatta il dribbling del fuori target.

«Ma lei è la signora Maria de Filippi?»

«No, assolutamente! Io sono la signora Maria Goretti!»

«Mi scusi tanto allora, ho sbagliato numero…» e chiudo. Non saprà mai quanto è stata fortunata.

Uno si domanda come fare a capire la cultura media. È in realtà estremamente semplice. La prima fase della telefonata del buono omaggio ha una tagliola lessicale formidabile.

«La sto chiamando, signora, perché lei è stata selezionata tra dieci fortunate famiglie per ricevere un buono omaggio per un servizio di <*lentamente*> igienizzazione…»

«Perchéccosa?!?»

E cosí hai inquadrato il tipo. «Per una p-u-l-i-z-i-a gratuita, signora, niente di cui preoccuparsi!» <*ridere*>

Se invece non dà segno di reagire, stimabilmente ha capito che è una pulizia, oppure non ha capito e non vuole dirtelo per non sembrare ignorante. In entrambi i casi la telefonista qui deve trovare il non facile equilibrio di essere allo stesso tempo familiare come se stesse parlando con una pescivendola e professionale come se si rivolgesse al suo commercialista.

Maria spesso lavora fuori casa. La Moglie di Mario invece quasi mai, ma se per caso lavora, quasi certamente è un'insegnante. Non so perché, ci deve essere un *trait d'union* tra le due cose che mi sfugge, però questa cosa è verissima. Al telefono entrambe dicono cose come: «Guardi, non ho assolutamente tempo!»

Allora scatta la risposta per capire meglio:

«Certo, signora, ovviamente avrà già degli impegni… lavora lontano da casa?», sposto l'attenzione sul dove, ma in realtà non so ancora se. Cosí se risponde mi dà due informazioni invece di una.

Maria: «Esatto, faccio l'impiegata e torno a casa nel tardo pomeriggio, quindi come immaginerà ho da fare fin sopra i capelli!»

La Moglie di Mario: «No, lavoro in casa, ma ho due bambini e come immaginerà ho da fare fin sopra i capelli!»

In entrambi i casi la teleterminator ha già capito con chi ha a che fare e quali ore può proporre per l'appuntamento.

«Guardi signora, siccome ho capito che lei ha poco tempo ed è sicuramente prezioso, le vengo incontro e cerchiamo di accordarci per un orario a lei piú favorevole. Preferisce, signora Maria: domani alle 18.30 quando torna dall'ufficio o sabato mattina alle 10.30 che è piú libera e non ha l'assillo dell'ufficio? E lei, signora Moglie di Mario: domani alle 10.30 quando i bambini sono a scuola o dopodomani alle 18 prima di cena, cosí non le siamo di impiccio e andiamo via alle settemassimo, settemezza?»

Qui, se non c'è il sí, scatta in genere la seconda obiezione-ostacolo. Ma la signora non può piú far finta che il problema sia il tempo. Deve inventarsi qualcos'altro.

«No, perché comunque non mi interessa, signorina».

Questa obiezione è falsa ed è ineludibile in sé, perché non è razionale. Nasconde sicuramente un altro timore. La psicotelefucker lo sa bene e assume i panni dell'amica che ha capito, con un sorriso allusivo, mentre pensa «come fa a non interessarti se non sai manco cosa devo dirti, dovevi dire vaffanculo prima di arrivare qui, adesso sei mia». Mai chiedere perché comunque. La persona si irrigidisce e spara risposte come: perché no. E lí la telefonata è finita. Molto meglio una domanda piú soft.

«Come mai signora, c'è un motivo particolare? Cosa la fa esitare?»

Adesso di solito salta fuori il vero motivo.

Maria: «Non voglio dimostrazioni, ho talmente tanto poco tempo che quello che mi resta non lo regalo a voi. Mi scusi tanto, ma devo prepararmi il pranzo perché poi esco di nuovo». Questa telefonata è finita.

La Moglie di Mario: «Perché tanto non compro niente». Fantastico. Questo è un *apperònoncompro*, cioè una vendita quasi certa. Se è vero che la signora non vuole comprare, concedere l'appuntamento non comporta alcun rischio. Ma se dice che non vuole che entriamo in casa perché teme il tentativo di vendita, il retroscena è che paventa la possibilità di venire convinta all'acquisto.

Qui la telefonista dà il meglio di sé: «Assolutamente no, signora mia, chi le ha detto che deve comprare? A noi interessa solo il suo giudizio spassionato sull'efficienza del macchinario! Anche negativo, signora mia, per noi è comunque importante perché la nostra azienda ci paga solo per raccogliere un parere! Allora che dice, domani o dopo?»

Oscar per la miglior FacciaDaCulo Protagonista.

La Moglie di Mario, l'unica rimasta al telefono sino a ora, azzarda una domanda ulteriore: «Potreste venire domani mattina allora... ma di che cosa si tratta?»

Ormai la signora è alle corde, non ha molte altre scuse da usare per svicolare. Le resta solo l'ultima possibile.

«È un macchinario... bla bla... la Nasa... bla bla... settantafunzionidiverse... bla bla...»

«Ma io ho già il vaporetto/folletto/mimosa/philips/rowenta. È tutto pulitissimo, non vedo su cosa lo potreste usare...»

Anche questo è un passo falso. Quando Shark entrerà dentro casa sua (perché a questo punto è già con un piede dentro e sta in groppa al furioso Kirby acceso) la prima cosa che domanderà alla signora sarà di portare il suo Vaporetto e di fargli vedere come funziona sul tappeto, dove lui poi ripasserà con il Kirby, rivelando che il mendace vapocoso non è bastato a pulirlo, infingardo.

«Signora mia, sicuramente è cosí, ma le assicuro che si stupirà. Il consulente le mostrerà funzioni del macchinario che la incuriosiranno molto, a noi basta molto poco per avere un suo giudizio». Questa frase non è una risposta, non ha alcun contenuto ulteriore e ha il solo scopo di riportare la conversazione sulla chiusura dell'appuntamento. L'orario è già stato fissato, manca il passo finale.

«Allora, io ho questi dati, signora... via col Vento, numero 34... è difficile da raggiungere? Cosa c'è nei pressi per fare sí che non ci perdiamo?»

L'attenzione della signora si sposta quindi da quello che le dà ansia (aver fissato l'appuntamento) alla descrizione logistica di ambienti familiari. Allo stesso tempo la casalinga realizza che domani qualcuno seguirà quella strada per arrivare a casa sua e sarà piú difficile dimenticarlo o rimuovere. Possono saltare fuori altre domande, ma ormai il sí è detto.

La casalinga dentro di solito chiede cose come: «Ma non consuma molto, vero?»

«No signora, consuma meno del suo phon!»

«Ma non è che mi rovina il divano?»

«Per carità signora, veniamo per lavorare e secondo lei le causeremmo un danno che poi dovremmo ripagare? Si figuri, stia tranquilla!»

E cosí via.

Non sono vere domande. La signora ci sta semplicemente supplicando di confermarle che non ha fatto una cazzata. Ovviamente sí, ma che senso ha dirglielo ora? Sarebbe inutilmente crudele e anche le telefoniste hanno un cuore, lo ha detto Hermann che questo è un lavoro che va fatto con il cuore.

Rimane da scolpire l'epitaffio finale dell'ultimo anelito di libero arbitrio della povera donna.

Il congedo.

«La ringrazio molto, signora mia, lei ci ha aiutato molto nel nostro lavoro. Ci vediamo domani alle 10.30 in via... buona giornata a lei, signora Moglie di Mario!» *Click*.

Se qualcuno si domanda se mi vergogno a fare bene questo, la risposta è ovvia. Come una biscia.

Resistere

Qualcuno, leggendo questi stralci di conversazioni telefoniche, potrebbe provare la tentazione di ingaggiare a sua volta il duello verbale con la prossima telefonista che chiamerà a casa sua, tanto per vedere chi la spunta.

Be', la spunterà lei.

Sia che diciate sí, sia che diciate no, la telefonista vince sempre.

Se vi porta a dire vaffanculo e vi contrappone la sua estrema surreale gentilezza, otterrà come risultato quello di farvi sentire delle merde perché state facendo i cafoni con una persona gentile. E vi resterà la sensazione di essere stati troppo bruschi senza motivo, perché in fondo la signorina non ha colpa, sta solo facendo il suo lavoro... e altre menate varie, che vi frulleranno in testa fino alla prossima telefonata. In questa successiva chiamata una collega della precedente signorina vi proporrà la stessa cosa e voi finirete per dire di sí perché avete qualcosa di intimo che richiede compensazione: la sensazione bruciante di dovervi far perdonare, irrazionale, ma reale. I primi a non voler addosso l'immagine di persone maleducate siamo proprio noi.

Se dite vaffanculo una volta, dovete essere pronti a ripetere la performance sempre, senza lasciarvi dominare da insensati pensieri colpevolistici.

La signorina, verissimo, non ha fatto niente di male, ma solo perché il tuo vaffanculo non gliene ha dato il tempo. Sta solo facendo il suo lavoro, verissimo. Ma il suo lavoro è fottere la gente per telefono. Accettare la telefonista come interlocutore significa salire su un ring in cui lei è una lottatrice professionista e voi siete capitati lí per caso.

Qualunque motivazione possiate opporre al prosieguo della conversazione potrà essere usata contro di voi, se la telefucker è abbastanza brava.

L'unico modo per non subire questa forzatura è rifiutare il dialogo alla pari.

Il trucco per sopravvivere è ricordarsi sempre alcuni assiomi fondamentali:

– La persona che chiama ti sta entrando in casa, occupandoti la linea e impedendo alle persone care di mettersi potenzialmente in contatto con te per cose importanti.

– Ti sta portando via tempo anche semplicemente per stare al telefono a sentirla. Cinque minuti della tua vita non sono senza valore. Potresti dare un bacio a tuo figlio, nel frattempo.

– Ogni volta che dici perché non ti interessa quello che sta dicendo, le stai dando appiglio per proseguire la telefonata. Non le devi nessuna giustificazione.

– Il fatto stesso di ascoltarla è da parte tua una concessione: non sei tenuto a farlo e se non lo fai nessuno penserà che sei stronzo, nemmeno lei.

– Lei è pagata per stare al telefono con te, ma la responsabilità del suo lavoro non ricade su di te. Se cerca di fartelo pesare, significa che deve cambiare lavoro.

«Come mai non le interessa, cosa la fa esitare?»

«Signorina non credo di doverle dare nessuna giustificazione in merito ai miei interessi. Buongiorno». *Click*.

«Sarebbe solo per farci lavorare, noi siamo pagati solo per questo».

«Ah, siete pagati per lavorare, che bella novità. E da quando sono responsabile di mantenere il lavoro di un perfetto estraneo? Buongiorno». *Click*.

Non ci sono altre vie d'uscita.

La tecnica ebraica

Molte persone hanno una naturale ritrosia a sbattere il telefono in faccia alla gente.

Da quando lavoro alla Kirby, io il mio riguardo in merito l'ho perso tutto, sono diventata immune all'educazione che poi viene usata contro di me. Però per alcuni resta una resistenza forte e può rimanere quel certo senso di colpa, la sensazione di aver fatto qualcosa di sbagliato che poi li renderà piú fragili alla prossima telefonata commerciale. Se quindi proprio non si vuole chiudere la telefonata bruscamente esiste un'altra tattica per scoraggiare la telefonista dal proseguire l'ingaggio verbale. Io la chiamo la tecnica ebraica.

Leggenda vuole che gli ebrei rispondano sempre a una domanda con un'altra domanda.

Perché lo fanno?

Be', perché non dovrebbero?

Nella comunicazione commerciale chi domanda comanda.

La telefonista farà sempre in modo di concludere ogni sua frase con una domanda. Se vuoi darle il panico, fai altrettanto.

«Lei è la signora Incorruptibilis?»

«A che proposito?»

Cosí è costretta a dirti perché ti sta chiamando, ma non è a sua volta sicura che sia proprio tu il suo target e rischia di bruciare la telefonata. Per cui già da subito è sulle spine. Pertanto tende a riformulare il quesito d'apertura.

«Nulla di urgente, vorrei parlare direttamente con la signora se è possibile. È in casa o chiamo piú tardi?»

«No, se non mi dice a che proposito non richiami neppure. Tanto al telefono rispondo comunque io. Per cui perché non dice a me, semplicemente?»

Dieci a uno che a questo punto chiude, perché non ha idea di che approccio tenere se non sa chi ha davanti. Le conviene comunque ritentare tra tre giorni, quando magari risponde proprio la sua preda.

«Capisco, signora... lei lavora molto lontano da casa, quindi?»

«Che differenza fa per lei?»

Questa è micidiale. Differenza ne fa moltissima, a dire il vero. Ma lei non può dirtelo manco morta, per cui lí la risposta dipenderà dalla sua presenza di spirito. Ma intanto ha già capito che le domande che tendono ad assumere informazioni personali sono out.

E senza informazioni aggiuntive la sua telefonata perde di efficacia.

«Crede che se ci fosse stato qualcosa da acquistare il signor Bastardis mi avrebbe dato il suo numero, signora Lungimiranti?»

«Perché, signorina, a lei non capita mai di fare una cosa stupida senza volerlo?»

Però se trovi una telefonista decisa e con le idee chiare può darsi che ti risponda per le rime, costringendoti a dire qualcosa che in realtà non vorresti dire.

Tipo dare del pirla al tuo amico. E ovviamente deve farlo sempre con una domanda, per reimpossessarsi della conduzione della conversazione e riportarla al suo scopo primario: fotterti.

«Signora, lei lo conosce meglio di me, le sembra cosí sprovveduto il signor Bastardis?»

Rivoltargliela contro è la piú grande soddisfazione.

«Dipende da cosa intende lei per sprovveduto. Cosa intende, signorina?»

In un mondo ipotetico, la telefonista non può dribblare anche questa domanda. Sarebbe scortese e lei non può essere mai scortese, per contratto. A dire il vero ti manderebbe volentieri a quel paese, a questo punto. Ma con tutta probabilità ha la sua Hermann a due-dico-due metri di distanza che ascolta ogni sillaba.

«Be'... è una persona che fa cose un po' ingenuamente... però a fin di bene e in buona fede».

«Cioè uno sprovveduto è una brava persona che viene presa per il culo e convinta a fare a fin di bene cose che non sono veramente a fin di bene?»

Non può dire di no, perché ha appena detto che il senso è quello; e se dice sí, implicitamente ammette che il tuo amico è stato preso per il culo per dar loro il tuo numero. L'unica via di uscita onorevole è chiudere. Oppure cercare il calcio d'angolo. Ma la telefonista che a questo punto desidera ancora stare al telefono con te la devo ancora conoscere.

C'è un limite a tutto.

È la domanda che salverà il mondo.

Non lo poteva vedere, il Kirby

Una chicca di oggi.

«Signora, preferisce domani o dopo?» (implacabile)

«Nessuno dei due, io il suo Kirby non lo posso proprio vedere».

«Come mai, signora? Cosa la fa esitare?» (instancabile)

«Nulla, semplicemente non lo posso vedere, il Kirby!»

«C'è un motivo particolare, signora mia? Posso saperlo?» (invincibile)

«Certo che c'è: non posso vederlo perché sono cieca. È soddisfatta ora o ha qualche altra domanda stupida?»

Imperdibile. I ciechi sono l'unica categoria di persone al mondo che del Kirby può percepire solo il rumore.

La strage degli innocenti

Avevo accennato qualche tempo fa a quello che succede alla fine della dimostrazione, tra la casalinga e Shark.

È il cosiddetto «controllo», la telefonata in cui Shark finge di intercedere presso quel cattivone di BillGheiz per strappargli un prezzo piú conveniente a tutto vantaggio della signora, ignara del fatto che quel teatrino si svolga sistematicamente in casa di tutte le sue simili.

Ieri però ho avuto la chance di assistere personalmente alla misteriosa telefonata, perché al controllo c'era un'agguerritissima Hermann, reduce da una seduta di lampada in preparazione dell'invidiabile trasferta newyorkese. E lí mi si sono spalancati nuovi orizzonti, nel sancta sanctorum della manipolazione casalinga.

La Kirby rottama l'usato.

«Signora Ignaris, mi ha detto il signor Shark che le è piaciuto molto il Kirby. È vero?»

«È verissimo, è una splendida macchina, ma costa un po' troppo per me...»

«Signora, visto che lei è stata cosí gentile da ospitare la nostra dimostrazione, io mi permetto di scalare subito, dal prezzo che le ha detto Shark, una cifra di centocinquanta euro. Non tutte sono cosí cortesi, è per ringraziarla». (Ovvio che non puoi scalare alcunché a quelle maleducate massaie che non ti danno modo di far loro questa sceneggiata).

«Sí, ma per me è ancora troppo cara, signorina...» (Qui la signora vede la meta avvicinarsi, ma sfuocata).

«Signora cara, io non posso fare piú di questo, mio malgrado... a meno che lei non possieda un sistema di pulizia elettrico, in casa...» (Lo sa già, glielo ha detto o la telefonista che lo ha scoperto durante la prima telefonata, o Shark nell'incipit di questa, rispondendo «sí» a una domanda specifica).

«A dire il vero ho un Folletto!» *<trionfa la signora, sacrificando il suo povero strumento all'altare del finto baratto>*

«Ma me lo doveva dire prima, signora! Allora non c'è problema, noi le valutiamo il suo vecchio Folletto a un prezzo mai sentito, forse anche piú di quanto lo ha pagato lei. Se lei ci versa il suo aspirapolvere di vecchia generazione, ha diritto a uno sconto ulteriore di quattrocento euro, che va a sommarsi ai centocinquanta euro che le ho scalato prima. In questo modo lei pagherebbe il Kirby solo duemiladuecentocinquanta euro + Iva in comode rate mensili!» *<voce entusiasta>*

«Oddio, ma siete veramente gentili! Che fortuna che avessi in casa un aspirapolvere, allora!»

Che culo, signora mia. Lei sí che è fortunata, non quella sfigata della sua vicina che ha ottenuto lo stesso identico sconto solo perché «la primavera è alle porte», senza nessuna necessità di privarsi di uno strumento funzionante, innocente, che non pretendeva di valere nient'altro che il poco che lo aveva pagato.

Mi piange il cuore pensando al povero Folletto finito in mani nemiche, a quale scopo non riesco a ipotizzare. Forse (ma dico forse) è perché il Kirby è cosí snob che non può sopportare di convivere sotto lo stesso tetto con un elettrodomestico plebeo come il Folletto, che non ha la NASA nel suo pedigree.

Magari, vedendoli insieme quando i riflettori della dimostrazione si saranno spenti, la casalinga potrebbe ripensarci prima che scada il diritto di recesso. Oppure dire alla sua vicina – dalla quale deve farsi perdonare per aver dato il suo nome – «Guarda, mi sono ricreduta... fa cose bellissime, ma fa anche un casino immane... a essere sincera il mio Folletto è assai piú maneggevole, anche se non fa i massaggi. Ma tanto chi se li fa i massaggi con un aspirapolvere?» È un pericolo assoluto da scongiurare, perciò la Kirby applica la filosofia di Duncan MacLeod: ne deve restare soltanto uno.

E lei si pentirà, signora mia, quando cercherà di far entrare il Kirby dentro l'auto e si accorgerà che è troppo pesante per muoverlo agevolmente negli interstizi tra i sedili. Le infami briciole delle patatine fritte rimarranno per sempre tra i pedali, ridendo della indegna fine del loro nemico elettrico di sempre, l'odiato Folletto. E resta da sapere che fine fa questa massa di innocenti aspirapolveri requisiti indebitamente. Lo sottoporrò alla Casa delle Libertà come nuovo dovere morale per questa campagna elettorale. Di uno però so sicuramente che fine ha fatto: è nel ripostiglio delle scope dell'ufficio Kirby dove lavoro. La Kirby di Paperopoli si pulisce l'ufficio con il deprecato Folletto, appartenuto a chissà quale ignara massaia.

Quanto a Hermann... che attrice sprecata! Sentire la sua voce suadente al telefono aveva un che di inquietante, considerando che si arricciava una ciocca con l'estremità della penna, lampadata come il Berlusca, gli stivali tanto puntuti e taccuti da non crederci che ci si possa camminare. L'Actors Studio ha perso una promessa.

Nel loro interesse

Oggi mi sono finta fortemente interessata a comprare un Kirby.

Quasi tutti i capoccia del reparto di produzione Kirby si sono comprati il Kirby, unica eccezione è Laverne, l'addestratrice.

BillGheiz consiglia calorosamente di provvedere, dopo un periodo di permanenza congruamente lungo rispetto ai tempi Kirby, ovvero trenta giorni. Una sorta di circoncisione del portafogli, la prova che sei davvero della squadra. «Non puoi aspettarti che qualcuno compri qualcosa che tu non hai comprato per primo. Crederci per essere credibili, ragazze mie!» Peccato che non dica mai che se i cinquantadue pseudodipendenti comprassero tutti il Kirby, lui avrebbe fatto il fatturato di un trimestre. E comunque ecco il motivo per cui i risultati di Laverne sono in trend negativo: non si è comprata il Kirby, la sua non è un'autentica conversione!

Io ovviamente non comprerei mai il mostro da lui a tremila euro quando – a esser tanto masochisti da volerlo – lo si trova su eBay alla metà della metà della metà. Li vendono gli Shark pentiti che hanno un campionario di troppo di cui disfarsi, con garanzia ancora da intestare. È un modo interessante di gettare il cadavere nel fiume e la dice lunga sul fatto che manco chi l'ha venduto alla fine decide di tenerselo, se non altro come risarcimento danni.

Però effettivamente fingermi potenziale cliente mi ha fruttato qualche interessante scoperta.

Mi rivolgo a Borsellina, la responsabile dell'istruttoria delle pratiche di finanziamento, che se vanno a buon fine assumono il pomposo nome di GoldCard.

«Borsy, senti... se uno vuol comprarsi il Kirby che tipo di dilazione esiste?»

«Guarda, abbiamo tre possibilità. O in contanti, o con la Stro&Zini, o con la Cravattari&Co».

«E che differenza c'è?» *<assumo aria sprovvedutissima, da giovane fanciulla vergine ai misteri del mercato del finanziamento. Borsy, aiutami tu che ne capisci>*

«La Stro&Zini ti fa il quattordici percento e la Cravattari&Co ti fa il diciannove percento». E 'sti cazzi. Alla faccia della dilazione.

«Azz, cinque punti percentuali non è mica poco... come mai tanta differenza?»

«La Cravattari è di proprietà della Kirby e sicuramente ci mangiano sugli interessi, infatti noi dell'ufficio ci siamo fatti furbi e l'abbiamo comprato tutti con la Stro&Zini».

Conversazione stuzzicante, ma troppo generica. Voglio sapere con esattezza quanto vicino arriva quel nominale diciannove percento ai tassi di usura stimati dalle leggi vigenti. Potrei divertirmi molto. Ma non sono cosí ingenua da pensare che siano cosí ingenui da non pensare che qualcuno sia cosí ingenuo da non pensarci.

Nel parco dei clienti Kirby c'è di sicuro almeno un avvocato tributario che li avrebbe già smutandati settanta volte sette, se il tasso non fosse al di sotto del limite di legge.

Ma credo che, se è al di sotto, Mr «Marbella» Kirby lo sfiori con il toupet quando c'è vento. Perché non dirlo che se dilazioni il pagamento finirai per pagare il Mostro uno sproposito vicino ai tremilacento euro?

«Borsy, ma i clienti non si lamentano del tasso?»

«Be'... se se ne accorgessero. Ma comunque si tratta di gente che ormai ha deciso che lo vuole. Se non può comprarlo in contanti, comunque accetterà la dilazione. Capita anche che qualcuno receda, comunque. Tu vuoi comprarlo in contanti?»

Nicchio come ben so fare.

«A dire il vero sí, ma aspetto la liquidazione del lavoro precedente. Mi secca regalare via gli interessi, se posso evitarlo. Eventualmente devo rivolgermi a te?»

«No, a BillGheiz. È lui che disbriga le pratiche dei dipendenti. *<abbassa il tono di voce>* Magari te lo lascia a prezzo di costo, se è di buon umore...»

Prezzo di costo. Mitico.

«Dài, tipo quanto?»

«Anche settecento euro!»

Ma porca vacca!

BillGheiz dice che il prezzo di costo è settecento euro. Io, che parlo il paraculese evidentemente meglio di Borsy, sento settecento e capisco quattrocento. Il Monster-K costa al massimo quattrocento euro. E poi quella senza pudore sono io.

Voglio il mantello di Zorro

BillGheiz mi ha chiesto perché non raccolgo l'invito a mercificare le mie conoscenze personali per proporgli il Kirby. Cercare di spiegarglielo è come cercare di far passare il pezzo a forma di sfera nel buco a forma di triangolo, in quei giochi per bambini da zero a tre anni. La sua forma mentis gli impedisce di afferrare il concetto «non mi interessa fare soldi a ogni costo». Per capire di cosa parlava basti sapere che c'è un invito, tra le proposte spaccarecord che decorano le pareti dei loculi del reparto telefonico: «Fissa dodici appuntamenti con persone di tua conoscenza in un weekend a tua scelta. Avrai in premio duecentocinquanta euro piú centocinquanta euro per ogni vendita eventualmente realizzata». *<piú in piccolo, c'è scritto questo: La telefonista deve partecipare alla demo>*

Per le altre telefoniste questo è oro, lo hanno fatto tutte, alcune piú volte. Io ho giurato a me stessa che piuttosto mi accoppio a pagamento con un autotrasportatore in tangenziale. Il motivo è molto semplice: dodici appuntamenti fissati in un contesto lavorativo normale mi fruttano la bellezza di 12 x 5 euro lordi = 60 euro lordi. Perché lo stesso numero di appuntamenti fissato con persone di mia conoscenza mi frutterebbe piú del quadruplo anche se non si vende nulla? E perché devo essere presente?

È evidente che l'incidenza della vendita su questo tipo

di «referenza» del dipendente è quattro volte piú efficace di qualunque altro appuntamento preso su referenza del cliente normale. Su dodici appuntamenti di questo genere uno Shark adeguatamente lanciato può realizzare una vendita ogni tre visite.

Quattro Kirby piazzati in partenza. Ecco perché questa manfrina è pagata tanto: avrei la certezza di far fottere una mia conoscenza su quattro. Mi pare di vedermi, novella Giuda, che bacio la mia amica sulla soglia della porta, indicandola con il dito al consulente assatanato di clientela facile: «Prendetela, è lei».

BillGheiz pensa che io non abbia ben capito a cosa sto rinunciando. Gli faccio candidamente credere che le mie uniche conoscenze personali le ho lasciate giustappunto in Kenya dove ho vissuto la mia infanzia rapita dal branco di macachi che mi ha allevato.

Mi guarda con l'occhio vispo, la $ doppiosbarrata incisa nell'iride. Tanto per essere sicuro che io sappia contare, mi fa anche la divisione: «Un appuntamento di questo tipo ti viene pagato piú di venti euro… non so se mi spiego» e guardandolo capisco che lui ha fatto di peggio per cifre inferiori. Sarà difficile accompagnarlo al concetto che ci sono cose che non si fanno per soldi a questo mondo. Getto la spugna prima di cominciare.

Ultimamente mi giungono comunicazioni di persone che sono interessate alle vicende che sto scrivendo qui dentro, pare che tutto ciò sia visto come un caso esemplare di lavoro precario. Qualcuno mi fa: «È una storia davvero esemplare sul lavoro giovanile. Perché è terribile dover lavorare cosí, senza nessuna certezza professionale, con l'etichetta di precario perennemente addosso…»

Sorrido e fingo di assentire, ma dentro di me penso che il precariato in questa situazione è la sola cosa che mi dia speranza. L'idea di fare la telefonista alla Kirby in maniera stabile è una prospettiva da reparto psichiatrico. L'unico lato positivo di questa situazione è che – appunto – è instabile, transitoria. Mi daranno il premio Nobel per il precariato.

Per poi levarmelo dopo due mesi.

C'è qualcosa di imprevedibilmente divertente nel fatto che qualcuno veda in me la Giovanna d'Arco dei precari, la pasionaria delle vittime della flessibilità biagiana, la vendicatrice degli schiavi del Co.co.pro. Ho sempre saputo che qui in Kirby Co.co.pro. vuol dire Collaboro consapevolmente prono e la flessibilità indica solo la diversa inclinazione del pronarsi. Ho firmato io quel contratto e sapevo esattamente dove mi stavo andando a ficcare. Però mi resta la speranza che qualcuno che potrebbe farlo inconsapevolmente possa passare prima da qui.

È una strana forma di riscatto, a ben vedere. Ma io sono sempre stata una romanticona.

Motivazionalmente

Oggi è venerdí. È il giorno motivazionale per eccellenza. Talmente motivazionale che oggi due mie colleghe hanno ricevuto «la lettera», termine codificato che indica l'incipit del countdown di dieci giorni per raggiungere – a scelta – un risultato adeguato o la porta. Questi prossimi sette giorni saranno il loro miglio verde.

In questo clima serenissimo mi predispongo all'incontro del pomeriggio, in cui verranno tirate le somme di gennaio, premiate le telefoniste in pole position e annunciati gli obiettivi di febbraio.

In realtà ognuna di loro sa già di che morte deve morire. Ma sapere che ci sarà un luogo e un tempo celebrativo-denigrativo dei loro risultati le mette in fibrillazione.

Per conto mio mi aspetto lodi ma – visto che negli ultimi due giorni la mia media è scesa – anche il domandone esistenziale: «Che cosa è successo, Camy?» *<Signora, come mai? Che cosa la fa esitare?>*

Delle mille risposte possibili, potrei sparare una cazzata adeguata alla situazione, tipo che pago il peso della pressione psicologica di essere stata indicata come la donna da battere nelle ultime due riunioni motivazionali. Qualcosa di credibile come «ho la fobia del risultato, per timore che possiate usarmi ancora per cazziare le altre, generando intorno a me l'ostilità delle mie colleghe».

Ma so benissimo che mai Hermann e BillGheiz accetterebbero di mettere in discussione questo sistema. È troppo collaudato.

Già venerdí scorso il self-made Shark aveva evidenziato come negli altri call center tutti usino le nostre stesse telefonate con risultati migliori, segno che chi non funziona non è il sacro sistema della competizione psicologica, ma noi. BillGheiz ragiona sull'assioma che, se funziona con lui, deve funzionare con tutti.

Dopo trenta giorni potrei già cominciare a gettare la maschera, almeno un pochino. Ma sento che ancora non è il momento. Farò la mammola per un altro po', fingendo di cascare dalle nubi e di non capire perché mai quelle imbambolate delle casalinghe si rifiutino di ammirare per un'ora e mezza l'oggetto del desiderio per antonomasia, che se parlasse lo prenderebbe da solo, l'appuntamento. È l'unica funzione che gli manca, a sentire Hermann, il telefonare da solo. La capisco, povera Hermann. È alle strette, perché la sua sedia poggia esattamente in corrispondenza delle nostre.

Il barracuda è pronto a divorare, non per fame, ma per non essere divorato a sua volta.

Però il mio cuore tenero non giunge fino a farmi sentire solidale, perché questa è gente che ha la presunzione di operare in modo commercialmente efficace. Invece, mentre il trend degli appuntamenti del reparto telefonico è in caduta libera, l'unica risposta che loro riescono a dare sono le lettere di via. Se questo non vogliamo sbilanciarci a chiamarlo sonno della ragione, perlomeno è il sonno della ragioneria.

I motivi per cui il reparto telefonico non funziona sono gestionali, non personali del singolo.

– Manca del tutto un supporto di tipo relazionale. Anzi,

le relazioni sane che sorgono naturalmente vengono usate contro di te, la solidarietà è penalizzata in favore della competizione. Chi può lavorare sereno in un clima ostile e fortemente discriminante?

– Il senso di assoluta precarietà del tuo stato pseudoprofessionale ti sega ogni anelito di responsabilità per il domani. Potenzialmente infatti domani potresti non essere piú lí.

– La formazione al mestiere di telefucker è approssimativa, il terzo giorno sei già lasciata a te stessa, a improvvisare una telefonata dove finisci per riversare le tue incertezze. Moltissime telefoniste non hanno mai nemmeno visto il macchinario di cui parlano. Questo avviene perché la persona delegata alla formazione ('sta disgraziata di Laverne) ha a sua volta un altissimo obiettivo da conseguire in appuntamenti, quindi dedica alla preparazione altrui il minimo indispensabile per non farle balbettare al telefono. Poi corre a telefonare alla signora Moglie di Mario.

– Il continuo controllo del risultato con l'imposizione degli obiettivi dall'alto deresponsabilizza la singola persona e la spinge ad atteggiamenti di tipo difensivo e all'insicurezza personale. Se l'obiettivo che perseguo non è il mio, hai voglia tu a incazzarti se non lo raggiungo. Ottieni solo di farmi sentire una merda. Ma il tuo scopo di capo commerciale non è farmi sentire una merda. È ottimizzare la mia produttività in modo intelligente, rendendomi collaborativo. Obiettivo mancato, ahilui.

– Gli incentivi in denaro sono irrisori rispetto a quelli ideologici. Non riescono a capire che alle ragazze di andare a Marbella con Hermann non gliene frega un cazzo e invece seguitano a proporlo come sogno comune. È un sogno solo per loro. Sarebbe molto piú motivante un fisso meno rasoterra. Se uno perde un lavoro da 230 euro lordi al mese non lo concepisce certo come una perdita inaccettabile. Anzi. Non ho mai fatto marketing. Ma basta un po' di buon senso per intuire che l'insuccesso collettivo non può avere una causa solo nel singolo. Specie se il singolo fino a ieri invece raggiungeva l'obiettivo.

«Accetta la competizione, solo cosí potrai sentire il brivido della vittoria!»

Nuovi e antichi mestieri

Il rito settimanale della riunione motivazionale si è consumato con pieno successo, come tutte le cose già decise prima. Hanno tante qualità, questi kirbyani, ma non la fantasia. È come vedere la serata dei Telegatti in tv una settimana dopo che sui giornali è già uscito chi ha preso i premi. L'unica cosa che può interessarti è vedere i vestiti delle starlette di turno. Però questi scorci di microcosmo da marciapiede soddisfano l'entomologo che vive in me, affamato come una tenia.

BillGheiz Sommo Sacerdote, bonario e saggio in completo di velluto a coste color crema, ha premiato la miglior telefucker del mese, quella che ha dimostrato di capire davvero il telemarchètting e di perseguire con piena consapevolezza gli Abiettivi Aziendali (no, non è un refuso). Duecentocinquanta euro di premio per aver fatto concretizzare il maggior numero di appuntamenti in assoluto, circa un centinaio. Sommati al fisso e alla corresponsione di ogni singolo appuntamento fa piú di mille euro. BillGheiz ci ha guardate tutte, sollevando un sopracciglio con aria vincente e consapevole: «Be', ragazze… per quattro ore non è mica poco, o no?»

Ovviamente ci sono ragazze che per quattro ore al giorno prenderanno trecentocinquanta euro scarsi, ma se qualcuna osasse farlo notare, immagino che si sentirebbe dire che la colpa è della telefonista, non della Kirby. In altre parole, se prendi tanti soldi è merito nostro che retribuiamo il vincente, se ne prendi pochi è colpa tua che sei perdente.

Vabbe', io prenderò le mie trenta monete dal Sommo Sacerdote e tacerò, perché le cose che devo sapere di questo mondo sono ancora troppe per rinunciare ad arrivare fino in fondo. Voglio la laurea in kirbyologia, con specializzazione in teleturlupinazione, centodieci, lode e calcio in culo accademico.

Il momento piú significativo è stata l'intervista alla nuovissima telefonista, una delle dieci arrivate questo mese dopo di me.

«Come ti trovi, Centesima?»

«Mi pare bene, ci sono solo da due giorni, eppure me ne avevano parlato male...»

«Ah sí? E cosa ti hanno detto?»

«Che le telefoniste erano pagate poco... che era un brutto lavoro...»

«C'è differenza tra dire che è un brutto lavoro e dire "io non sono stata capace di farlo". È qualche tua amica che ha lavorato qui?»

«Sí... tre mesi».

«Non voglio sapere il nome (e te credo, ne sono passate duecento negli ultimi dodici mesi, non se lo ricorderebbe comunque), ma scommetto che ora è a casa che non lavora o se lavora fa la commessa o la cameriera, perché gente cosí non ha voglia di lavorare e a quarant'anni starà ancora cercando un mestiere».

Hai capito, Centesima?

Se la tua amica dopo tre mesi se ne è andata, è perché era una perdente e questo lavoro da vincenti non fa per lei. Ora che ha smesso con il telemarchètting come minimo starà facendo qualche lavoro per lei degradante tipo la cameriera, la commessa o, già che ci siamo, la prostituta. È sempre cosí umano, il buon BillGheiz, con chiunque faccia un lavoro diverso dal suo. Immagino che se fosse veramente una religione a questo punto si parlerebbe di eresia e scomunica.

Se le presenti alla surreale conversazione hanno capito la manfrina, va da sé che un futuro da commesse è il naufragio della realizzazione femminile, una prospettiva da cameriere è la concretizzazione dell'infamia professionale. La puttana magari meno, quello va fatto con il cuore.

Contrattacco

Alcuni amici, solleticati dalla pittoresca descrizione della dimostrazione del Kirby, sarebbero quasi tentati di accettarla in casa, tanto per vedere dal vivo il teatrino in cui Shark interpreta il ragazzo delle consegne del buono omaggio. La dinamica è sempre la stessa.

«Salve signora, sono venuto a consegnarle quel buono omaggio per la pulizia gratuita. Cosa preferisce che le igienizzi?»

Dopo mezz'ora di impegno su venti centimetri quadri di tappeto: «Signora, temo che ci vorrà piú tempo del previsto, almeno tre ore… facciamo che vengo un altro giorno e intanto già che ci sono le mostro le funzioni del Kirby?»

E la signora accetta, spaventata dall'ipotesi di far bivaccare Shark per le successive tre ore sul suo salotto ormai scopertamente lurido.

Ma se la signora invece dicesse di no? Se dicesse: «No, caro Mr Shark, mi avete detto che mi avreste pulito gratis il tappeto e io vi ho fatto venire solo per quello. Adesso se non le dispiace vorrei vederlo pulito davvero, oppure dovrò pensare che mi avete preso per i fondelli. E lo farò presente a tutte le mie amiche».

L'incubo per Shark comincia lí, quando il trucchetto si rivela un boomerang. Pulirà il tappeto, non può fare diversamente, ma lo consola la prospettiva che questa fatica indegna verrà ripagata dalla valanga di nomi che otterrà, sperabilmente tutto l'albero genealogico della stronzissima massaia. Naturalmente alla fine la scaltra signora dirà che il Kirby è splendido, però non ha uno straccio di nome da dare perché ha fatto un voto a padre Pio di non fare piú una cosa del genere, e il consulente non vorrà mica mettersi contro padre Pio vero?

E Shark se ne va, dopo aver pulito il tappeto come aveva detto la Kirby alla signora. E dopo aver raccolto l'interessantissimo parere della casalinga, che la telefonista aveva detto essere l'unica cosa che interessa all'azienda. Signora bella, siamo pagati solo per conoscere la sua opinione.

Se volete davvero una dimostrazione Kirby in casa, questo è il metodo per trarre il massimo beneficio per voi e limitare ai minimi termini il danno che loro possono fare.

Full metal kirby

Credevo di aver già visto il peggio in Kirby.

Ma sono sempre stata una tale ottimista.

Ieri mentre andavo in pausa sono passata nella Sala meeting, la sinagoga da dove viene promulgato il verbo del Kirbymarchètting, ogni mattina di lunedí, mercoledí e venerdí. La speranza è trovare tracce della catechesi appena svoltasi, segni leggibili delle regole di turlupinazione diretta del consulente Shark. La fortuna mi assiste, ha ragione Woody Allen, meglio aver culo che talento.

Troneggia sul palchetto-altare il leggío sacro della definizione degli obiettivi aziendali, una lavagna a fogli mobili con un'incantevole rivelazione sulla pianificazione mensile. Non credo ai miei occhi, o almeno non vorrei.

Mese di febbraio:

Consulente	Obiettivo	Premio	Punizione
Shark PeterSeller	20 Kirby	1000 euro + Kirby	Tingersi di biondo
Shark Tom TopFucker	15 Kirby	Diventare teamleader	Vestirsi da donna e andare al centro commerciale
Shark John HousewifeLier	10 Kirby	Viaggio a Marbella	Offrire la pizza a tutto il reparto venditori

Questi poveracci, complici semicoscienti di BillGheiz, hanno un alto obiettivo prefissato, se raggiungono il quale ricevono l'incentivo prescritto, come accade a noi telefoniste. Ma – diversamente da noi – se non lo raggiungono devono subire una pubblica umiliazione, a quanto pare non simbolica. Andare in giro vestito da donna al centro commerciale. Offrire la pizza a tutti e cinquantadue i collusi colleghi. Tingersi di biondo come Vialli ai bei tempi sampdoriani. Solo che Vialli i capelli se li tinse perché lo aveva vinto, lo scudetto. Curioso che non abbiano ancora pensato a un bel cartello al collo con su scritto «Sono una merda di perdente, sappiatelo tutti».

Mi domando che succede se per caso non fanno la punizione prescritta, che probabilmente saranno stati sollecitati ad autosuggerirsi, in modo simpaticamente masochista. Cosí non si può dire che sia stronzo BillGheiz, dopo tutto il pegno te lo sei autocomminato.

«Sí, ne ho venduti diciannove anziché venti, sono una merda umana, ma non per questo intendo fare il travestito di fronte a tutta la mia città all'ora di punta. Cosa mi fate? Mi sodomizzate con l'accessorio del Kirby per sturare i lavandini?»

Mi si paventa innanzi la prospettiva che un sistema del genere possa essere esteso anche al reparto telefonico. Oltre al premio, la penitenza. Dire, Fare, Baciare. Cosa mai potrebbe inventarsi Hermann per noi? Pulire l'ufficio per tot settimane, cosí possono liquidare la donna delle pulizie, che scommetto ha pure lei il contratto a progetto? Mica male, tanto c'è sempre qualcuna che perde la sua scommessa con l'obiettivo aziendale, la sfigata del mese.

Perché non scavare una buca senza feritoie nel terreno, con un solo telefono collegato, da dove lavorare in perfetto isolamento con il Kinder Bueno che ti viene passato dalla botola all'ora convenuta? Ma anche saltare la pausa per scrivere sulla lavagna a fogli mobili: «Non ce l'ho fatta, Non ce l'ho fatta, Non ce l'ho fatta»!

Solo Kubrick nel suo delirio arrivò a tanto.

Il successo è: non dover mai dire «devo andare al bagno»

La pausa è sempre l'ora degli incontri imprevisti con il sottobosco delle psicotecniche di vendita.

Oggi ho buscato un altro pezzo delle regole del perfetto piazzista, dimenticate in luogo visibile da un BillGheiz troppo proiettato verso il suo viaggio premio a Nuova York per ricordarsi di spegnere il proiettore. So che queste cose sono comuni a qualunque organizzazione di vendita di questo tipo, sono solo io che non le conoscevo.

Una semplice slide rimasta sul muro, un luminoso faro concettuale per questi ragazzi alla deriva nel mondo feroce dei venditori di aspirapolveri. Io gioisco di questa piccola pepita d'oro, capace di trasformare il mio pigro momento del break in un minicorso di squalismo applicato.

Avevo già riportato che il consulente a casa della casalinga non può chiedere di andare al cesso. Mi chiedevo perché mai una simile crudeltà perpetrata sulla vescica altrui.

Ma al giovane Shark viene detto anche come deve vestirsi, come deve sorridere, dove deve guardare, che postura deve avere. Lo scopo è quello di fargli assumere il ruolo, davanti alla casalinga, di «maschio dominante», di persona sicura di sé che sa esattamente cosa vuole e come prenderlo. Che poi lo prenda dalla casalinga questo è secondario, la signora deve comunque percepire un'aura di sicura virilità attorno al giovanotto Kirbymunito.

Pertanto il consulente nella casa della signora non deve mai chiedere nulla: né telefonare, né andare al cesso, né chiedere una penna, né uno straccio di fazzoletto per soffiarsi il naso o qualunque altra cosa che virilità impone sia in grado di procacciarsi da sé.

Shark è lí per risolvere i problemi della casalinga, non per far risolvere i suoi a lei, per quanto minime siano le richieste. Invocando soccorso per la sua vescica il venditore paleserebbe una debolezza indiscutibile, quella dell'uomo normale che ha dei bisogni che non può controllare, perdendo la credibilità della persona speciale che ha qualcosa di speciale da dire.

Agli occhi della signora si spegne la luce soffusa che ha attorno al capo, l'aureola del successo, sostituita dall'immagine poco edificante del maschio urinante che si ricompone la patta dei calzoni nel suo bagno. In effetti la cosa ha il suo perché, se penso a Shark che arriva raggiante davanti alla porta della signora, adeguatamente abbigliato e decorato dai distintivi, che protende un'estremità per chinarsi in un baciamano e poi, vicino quanto basta per poter sussurrare la cosa che ogni donna vuole sentirsi dire, biascichi con voce soffocata: «La supplico signora, mi faccia entrare in bagno!»

Commercialmente turpe.

Pare che Shark dentro la casa della signora non debba mai dire «mi scusi/la disturbo/non voglio disturbare/levo il disturbo». Queste parole tabú sottintendono che ci sia qualcosa da farsi perdonare, generando nella casalinga l'impressione di star facendo una concessione al consulente. È ovviamente una mazzata all'immagine carismatica che si deve creare, perché mette il venditore nella posizione psicologica piú debole. Il pensiero che deve impedire a Shark di scusarsi a ripetizione come un idiota è la considerazione del fatto che la signora ha già dato alla telefonista il suo sí all'accesso in casa, per cui entrarci è ora un diritto acquisito, tanto quanto poter stuprare il divano della massaia con l'accessorio similfallico del Kirby. Anche la parola «grazie» deve essere usata con parsimonia. Il top del consulente perfetto è portare la signora a dire grazie a lui, per averle rivelato la verità nascosta della popolazione di acari che fornicano sul suo materasso. Questa indicazione segna il confine preciso tra dove finisce l'ingenuità e dove comincia il suo prezzo.

Shark, l'anti-grazie, l'anti-miscusisignora. L'arroganza che diventa tecnica di vendita, assumendo il nome in codice di SicurezzaDiSé.

Sublime.

Non senso vietato

Sai, Silvia, quando hai bevuto tanta di quell'acqua prima di un'ecografia pelvica, ma tanta di quell'acqua, che sai che anche volendo non ce ne starà piú neanche una goccia?

Allora diciamo che ieri sono arrivata al pieno di kirbate consentito dalla mia capienza mentale. Alla fine è cosí: se ci resti ci diventi. Oppure finisci per odiarli. Io mi sono risparmiata l'iter: li ho odiati subito. So che ti deludo, ti divertivi un mondo a bere latte di vipera. Mi sono licenziata. Semplicemente, senza storie, ho detto che ho trovato lavoro altrove. Mi dispiace, eravate come una famiglia.

Hermann cara, darti questo colpo proprio prima della tua partenza per la Grande Mela… mi sento un verme, ma certi treni non passano piú, sono sicura che mi capisci. Bill, sei stato come il padre che ho avuto, credimi. No, non il capobranco dei macachi, non era mica vera la storia che sono cresciuta in Kenya. Comunque non ti scorderò mai, qualunque cosa questo significhi.

Termina anche il senso di questo scritto work in progress, visto che il work è cessato e il progress è la mia vita che continua, altrove.

Indice

Einaudi usa carta certificata PEFC
che garantisce la gestione sostenibile delle risorse forestali

PEFC™
PEFC/18-32-03

Stampato per conto della Casa editrice Einaudi
presso ELCOGRAF S.p.A. - Stabilimento di Cles (Tn)

C.L. 23095

Edizione	Anno
5 6 7 8 9 10	2022 2023 2024 2025